ACADÉMIE

DES

SCIENCES MORALES ET POLITIQUES.

SÉANCE PUBLIQUE ANNUELLE

DU SAMEDI 1er DÉCEMBRE 1888

PRÉSIDÉE PAR M. GRÉARD.

PARIS

TYPOGRAPHIE DE FIRMIN-DIDOT ET Cie

IMPRIMEURS DE L'INSTITUT DE FRANCE, RUE JACOB, 56

M DCCC LXXXVIII

INSTITUT DE FRANCE.

ACADÉMIE

DES

SCIENCES MORALES ET POLITIQUES

SÉANCE PUBLIQUE ANNUELLE

DU SAMEDI 1ᵉʳ DÉCEMBRE 1888

Présidée par M. GRÉARD.

ORDRE DES LECTURES.

1° *Discours de* M. le Président *annonçant les prix décernés et les sujets de prix proposés.*

2° *Notice historique sur la vie et les travaux de* M. Henri MARTIN, *membre de l'Académie,* par M. Jules Simon, secrétaire perpétuel.

INSTITUT DE FRANCE.

ACADÉMIE

DES

SCIENCES MORALES ET POLITIQUES

SÉANCE PUBLIQUE ANNUELLE

DU SAMEDI 1ᵉʳ DÉCEMBRE 1888.

DISCOURS

DE

M. GRÉARD

PRÉSIDENT.

MESSIEURS,

C'est un honneur périlleux que d'avoir à rendre compte des résultats de vos concours. La difficulté n'est pas seulement de réunir un moment les compétences les plus diverses pour rendre à chacun des lauréats la justice qui lui est due. Comment oublier que vous attendez tous avec impatience l'éloquente parole qui est la fête de cette journée? J'essaierai de concilier le devoir qui m'est imposé avec le sentiment que je partage. Aussi bien n'est-ce qu'une sorte de procès-verbal général de vos décisions qu'il m'appartient de présenter.

L'Académie disposait cette année de dix-neuf prix; deux prix du budget : c'est notre modeste dotation d'État; les autres représentent le produit des libéralités qui constituent notre richesse. Nous éprouvons une satisfaction de gratitude à en relever l'importance. Nous aimons surtout à en signaler le caractère. Les dates de ces donations portent avec elles leur enseignement. Les premières remontent à l'époque où l'Académie a été reconstituée; elles ont été déposées comme dans son berceau. Les autres se rattachent plus particulièrement à deux périodes : à celle qui a suivi l'explosion des idées de 1848 et à celle que nous traversons aujourd'hui et dont on ne saurait dire que le respect des traditions soit la faiblesse. Il n'est pas sans exemple que des exécuteurs testamentaires se présentent à nous, legs en main, et disent : « Faites-en ce que vous voudrez dans l'esprit de votre institution. » Mais d'ordinaire ces dons ont leur destination marquée. Si à l'origine on tenait pour suffisant d'en indiquer le but d'un mot, aujourd'hui on serre davantage les questions, qui nous étreignent elles-mêmes de plus près. Soit pour seconder les courants de l'opinion, soit pour aider à les redresser, on veut, avec vous et par vous, exercer une action.

Cette action, l'Académie n'en récuse point l'autorité. D'autres classes de l'Institut vivent plus ou moins dans le passé et sur le passé. C'est l'état social contemporain qui est le principal objet et la matière de vos travaux; ce sont les spéculations philosophiques et morales, les sentiments, les intérêts au milieu desquels le monde moderne se développe et se transforme, dont vous suivez l'étude, observant le présent impartialement, dans ses misères comme dans ses grandeurs, à la lumière des lois éternelles, et travaillant à fonder l'avenir sur les bases chaque jour plus larges et mieux assurées de la raison et de la justice. A recueillir depuis soixante ans les programmes de vos concours, on retrouverait l'histoire des idées qui ont ému l'esprit public, profondément marquée de l'empreinte de vos fermes et libérales directions. Pour ne prendre que les sujets de cette année, — le pessimisme, la morale de Spinoza, la permanence des lois économiques, le revenu de la terre, la mer territoriale, les emprunts, la dette, les logements d'ouvriers, l'assistance dans les campagnes, — en est-il qui ne se rapporte à un de nos besoins les plus pressants, à une de nos préoccupations les plus prochaines, au péril d'hier ou au progrès de demain ? Et, dans cette variété de questions propres à solliciter toutes les vocations du talent, l'unique prescription que nous imposions, c'est de partir de l'analyse des faits, sans lesquels il n'y a pas de science, pour s'élever à la conception des principes en dehors desquels toute science demeure frappée de stérilité.

Ainsi l'entendent ceux qui nous apportent le fruit de leurs méditations et de leurs recherches. Rarement ils ont été plus nombreux et leurs travaux plus nourris. Cinquante-trois ouvrages, trente-huit mémoires formant un total de plus de seize mille pages, ont été soumis à votre examen. Pour nos donateurs, quel plus éclatant témoignage de l'efficacité de leurs bienfaits !

Et pourtant toutes les questions n'ont pas abouti. Vous avez prononcé quatre remises. Nous ne songeons ni à nous en étonner ni à nous en plaindre. Ces ajournements sont pour les concurrents une garantie, pour les concours une force. Quelque soin que nous prenions d'annoncer les sujets, il peut se faire que notre appel ne parvienne pas à ceux qu'il intéresse ou qu'il les trouve engagés en d'autres études. Parfois aussi il arrive que la question n'est pas saisie tout d'abord comme elle a été posée. Souvent enfin les plus laborieux ne se trouvent point prêts dans les délais. Que de fois ces renvois à correction nous ont valu des refontes heureuses et de remarquables achèvements !

C'est l'espoir que nous a laissé le concours ouvert par la section de Morale pour le prix Bordin. Le sujet était la *Morale de Spinoza*. Sujet neuf à quelques égards pour la philosophie française, où Spinoza n'a pas fait école comme en Allemagne, — d'un intérêt singulièrement approprié aux controverses de la critique contemporaine, Spinoza étant le premier des penseurs modernes qui ait essayé de fonder une morale indépendante de toute foi dogmatique, sinon du sentiment religieux, — sujet d'une haute portée, car à l'examen des principes sur lesquels repose l'Éthique il s'agissait d'ajouter l'étude de l'influence qu'elle a exercée. Le danger était de faire aux préliminaires métaphysiques une place trop restreinte ou trop considérable, et de ne suivre les effets du Spinozisme qu'à travers l'histoire de la philosophie. Aucun des trois mémoires qui nous ont été envoyés n'a évité ces écueils. Mais deux d'entre eux, déjà distingués, nous reviendront sans doute dans dix-huit mois, revisés et complétés comme ils méritent de l'être.

L'ajournement de celui des prix du Budget qui appartenait à la section d'histoire ne se présente pas dans des conditions aussi heureuses. Il y a quatre ans, sous les auspices de M. Vuitry, l'Académie a entrepris de continuer la publication des *Ordonnances des rois de France*. Déjà plus de douze mille actes ont été recueillis ; et grâce à la diligence passionnée de M. Picot, non seulement l'impression des titres des « Actes du pouvoir souverain sous François Ier » est parvenue à l'année 1534, mais une table analytique permet au chercheur de se frayer rapidement sa voie. C'est le dépouillement de ces richesses que la section d'histoire provoquait, en proposant l'étude de l'*Administration royale sous François Ier*. Elle ne demandait pas, est-il besoin de le dire ? une histoire du règne ; mais il lui avait paru que les Actes royaux offraient un cadre nouveau pour dresser le tableau des grandes institutions judiciaires, administratives et financières qui datent de cette époque et en expliquer le jeu par un judicieux groupement des faits. — Le seul mémoire que nous avons reçu n'a point répondu à ce programme. Le crédit afférent au prix se trouve ainsi annulé faute d'emploi. Mais le sujet a été maintenu pour un concours spécial que nous aurons tout à l'heure à faire connaître. Nous avons la confiance que quelque disciple de notre jeune école historique saura tirer parti de ce trésor créé par l'Académie. OEuvre de science, le travail qu'elle appelle est en même temps une œuvre de patriotisme éclairé. Dans ces vieilles institutions respire l'âme de la France, âme trop mobile parfois, hélas !

et que le souffle des passions emporte, mais qui, à travers toutes les vicissitudes, conserve, indestructible, son fonds héréditaire de rectitude et de bon sens.

Aucun mémoire n'a été déposé pour le prix Odilon Barrot (section de Législation) ni pour le prix Rossi (section d'Économie politique). Il ne sera peut-être pas inopportun d'en rappeler les sujets.

En invitant à une étude sur *les résultats de la protection industrielle,* la section d'économie politique n'a pas l'intention de renouveler une discussion théorique entre les défenseurs de la protection et les adeptes de la liberté. Il n'y a plus guère à revenir sur les arguments de raison que depuis un siècle ces adversaires s'opposent sans se convaincre. C'est dans l'expérience qu'il faut chercher la lumière, dans le compte des gains réalisés par les bénéficiaires de la protection et des sacrifices subis par les consommateurs qui en supportent les charges ou par l'État. N'arrivât-on pas du premier coup à établir la balance exacte du doit et de l'avoir, un ensemble raisonné d'indications, même approximatives, résultant de l'examen des conditions économiques du marché, contribuerait à éclairer le problème qui met aux prises les passions des peuples en même temps que leurs intérêts.

Le sujet du prix Odilon Barrot est *l'histoire du droit public et privé dans la Lorraine et les Trois-Évêchés.* La section de Législation se propose d'appeler successivement le concours sur chacune de nos anciennes provinces. Si la Lorraine est la première région dont elle ait fait choix, c'est d'abord parce qu'elle est une de celles où aucune entreprise de ce genre n'a été tentée. Faut-il indiquer d'autres raisons? Il est constant que certains coutumiers germaniques, notamment le Miroir de Souabe, ont pénétré en Lorraine au moyen âge, mais que pour être appliqués, ils durent être traduits en français. C'est en français que sont rédigés les documents considérés comme les plus anciennes sources du droit lorrain. Qu'il n'y eût pas de règle commune à la province et que chaque contrée eût ses coutumes, cela ne semble point matière à discussion. Mais quel était l'esprit général de ces populations établies entre la Meuse et le Rhin? De quel côté les portaient leurs affinités naturelles ou leurs inclinations raisonnées? Est-ce en France, est-ce en Allemagne qu'elles cherchaient la règle de leurs mœurs et l'appui de leurs intérêts? Avaient-elles le sentiment du particularisme dans lequel s'enfermaient certains pays voisins? Ce que l'Académie demande sur ces divers points, c'est une investigation appuyée sur d'irrécusables témoignages, contrôlée avec scrupule, prise de haut, suivant les règles de l'érudition française qui ne place rien au-dessus du respect de la vérité.

J'ai terminé l'indication des résolutions d'ajournement J'arrive à la liste, beaucoup plus longue, des prix et des récompenses que vous avez attribués.

La section d'Économie politique en a la plus large part : un des deux prix du Budget, un des deux prix Bordin, le prix Rossi et le prix Léon Faucher.

Le prix Léon Faucher avait pour sujet *les variations des prix et du revenu de la terre depuis un siècle*. Un certain nombre d'économistes allemands et anglais ayant, à la suite de Ricardo, posé en règle que la rente de la terre s'élève, d'un mouvement presque mécanique, au fur et à mesure que se développent la population et les capitaux, les socialistes de tous les pays ont abusé de cette règle pour essayer de prouver que l'ouvrier était voué à la misère fatalement, et formuler des conclusions contre la légitimité de la propriété foncière. C'est l'honneur de l'école française d'avoir soumis la loi de Ricardo à l'épreuve des faits, dégagé l'élément de vérité qu'elle renferme, et ruiné du même coup les utopies qu'on s'était ingénié à en faire sortir. Dans son opuscule sur les modes de culture, Hippolyte Passy avait établi, après Bastiat, que l'ordre de fertilité des terres est souvent modifié d'une époque à une autre tant par les progrès de la culture elle-même que par ceux du commerce et de la richesse. L'un des concurrents, M. Daniel Zolla, professeur à l'École d'agriculture de Grand-Jouan, a fait de cette thèse une démonstration complète et décisive. Joignant des informations agronomiques étendues à une connaissance très sûre des principes économiques, son mémoire, en même temps qu'une enquête approfondie, est une œuvre doctrinale de sérieuse valeur. L'Académie lui décerne le prix.

Ce qui donne confiance dans les résultats d'une science qui, écartant toute prévention théorique, tire sa force de l'observation, c'est que les faits sont l'expression des lois qui régissent la nature et l'humanité. Telle est la conclusion à laquelle devait ramener l'étude ouverte pour le prix Rossi sur *la permanence des lois économiques dans l'antiquité*. De tout temps l'homme a dû demander au travail les moyens de pourvoir à son existence. Les grandes lois économiques ne sont que des rapports de cause à effet. Il était donc impossible que les anciens n'en eussent pas appliqué les principes. Pour ceux qui ont vieilli dans le culte de l'antiquité, il n'est pas sans intérêt de constater en outre qu'ils ont connu quelques-uns de ces principes et que, dans ces sciences qui se font honneur parfois d'être nées d'hier, comme en tout le reste, les Grecs, ces maîtres souverains de la philosophie, des lettres et des arts, ont été, par la bouche d'Aristote et de Xénophon, les premiers interprètes de la raison universelle. Parmi les trois mémoires qui ont été déposés, l'un d'eux a marqué tout de suite sa supériorité. L'auteur, M. Léon Smith, possède bien les éléments du sujet. Sa méthode comme son savoir dénote un esprit judicieux. L'Académie lui accorde le prix. Elle attribue une mention honorable à M. J. Chastain, professeur au lycée de Nice, qui a fait preuve d'érudition et de sagacité.

De concert avec la section d'Histoire, la section d'Économie politique avait indiqué pour le prix du Budget l'*exposé des origines, de la formation et du développement, jusqu'en 1789, de la Dette publique en France.* L'ancien régime n'a connu ni l'unité d'administration, ni la publicité des actes administratifs; et quand on sait quelles difficultés les économistes éprouvent aujourd'hui à calculer le total des dettes de l'État, il n'y a point lieu d'être surpris que les historiens aient tant de peine à reconstituer celles de la monarchie absolue. On peut dire que la dette perpétuelle date de François Ier et de la création des rentes sur l'Hôtel de Ville. Déjà, au temps de François II, Michel de l'Hôpital estimait que le Trésor devait 43 millions. Un siècle et demi plus tard, à la mort de Louis XIV, ce chiffre

montait, d'après le calcul le plus autorisé, à 3460 millions.
A la veille des États généraux, il était de 4812 millions.
Le chiffre de 1715 est moins élevé que celui de 1789.
Néanmoins la charge était plus lourde, parce que le taux
de la monnaie ayant changé, la dette de Louis XIV repré-
sentait un poids de métal fin plus considérable que celle
de Louis XVI et aussi parce que la richesse de la France,
ayant augmenté au XVIIIe siècle, était plus capable de
supporter le fardeau. Il s'agissait d'expliquer le mouvement complexe de cette progression. Aucun des trois
mémoires qui ont concouru n'est sans mérite; mais
seul, le n° 1, abondamment fourni de faits, s'est approché
du but assez près pour mériter une récompense, presque
le prix. Allégé de certains développements, ce travail, s'il
est publié, prendra un rang très honorable à côté des
ouvrages qui font autorité en la matière. L'Académie décerne à l'auteur, M. Pasquier, professeur d'histoire au
lycée Saint-Louis, une médaille de quinze cents francs.

Entre la dette et l'emprunt le rapport est étroit et il
semble que leur histoire se confonde. Mais la section d'Économie politique avait donné à la question de l'emprunt un
caractère nouveau. Elle proposait d'examiner, non le fond,
mais *la forme des emprunts publics opérés au XVIIIe et XIXe
siècle* dans les trois pays qui étaient, au XVIIIe siècle surtout, les maîtres du crédit européen, *la France, l'Angleterre
et la Hollande,* et de montrer quelle avait été sur cette
forme l'influence des institutions et des mœurs. Les deux
facteurs de l'emprunt ont été et seront toujours la nécessité publique et l'intérêt privé : la nécessité, que les gouver-
nements s'imposent en vue de certaines entreprises ou à

laquelle ils se laissent réduire par imprévoyance ; l'intérêt,
que les particuliers exploitent au mieux de leurs ressources. Mais il n'en peut aller dans une monarchie absolue comme dans une monarchie tempérée, dans une monarchie tempérée comme dans une république. Le tableau des
procédés suivis pour les emprunts depuis deux siècles nous
montre : en Hollande, les grandes villes, formées en confédération, apportant à la conduite des finances de l'État les
habitudes du commerce, combinant leurs opérations colo-
niales dans le secret, abusant de leur or pour fomenter
l'intrigue dans les cabinets de l'Europe, succombant
bientôt sous le poids de la défiance qu'elles ont amassée
non moins que sous la masse des engagements qu'elles ont
contractés, glissant d'expédients en expédients et ne se
relevant que le jour où le nouveau crédit se fonde, à l'in-
verse de ce qui avait paru faire la force de l'ancien, sur le
contrôle public d'un parlement libre ; — en Angleterre, la
bourgeoisie, maîtresse de la richesse mobilière, imposant
ses conditions aux ministres emprunteurs et surveillant
l'emploi de ses fonds, mais peu à peu, dans l'ivresse de la
puissance, laissant les emprunts s'accumuler sans souci de
la fortune publique qu'ils compromettent, revenant plus tard
à la sagesse avec une égale force de réaction et s'attachant
à ces deux principes devenus les lois du crédit britannique :
la régularité de l'amortissement et la substitution de l'im-
pôt à l'emprunt ; — en France, les rois disposant, trop
souvent selon leur bon plaisir, de l'aisance de leurs sujets,
les financiers, endosseurs de l'emprunt, jouant avec les
contrôleurs généraux à qui se trompera le mieux, sans pitié
pour ceux qui paient ; puis, sous l'influence d'un Turgot,

d'un Necker, de cette école de bons citoyens que le souffle
de 1789 fit sortir de tous les rangs de la société, l'esprit
public se réformant lui-même, s'éclairant, par la connaissance plus répandue des lois économiques, sur les garan-
ties réciproques des contrats de prêts, et arrivant aujour-
d'hui à cette doctrine simple et claire : que tout emprunt
consenti entre un gouvernement et un citoyen doit prévenir les erreurs comme les tromperies et ne cacher pour
personne ni piège ni fraude. — Il semble que l'Académie
avait le droit de compter sur ce caractère psychologique et
moral du sujet pour attirer les concurrents, et c'est celui
qui semble avoir le moins frappé leur esprit. L'observation
en avait déjà été faite à la première échéance du concours,
en 1885. Les deux mémoires présentés à nouveau sont restés dans l'esprit trop restreint de leur rédaction première ;
mais ils ont été heureusement améliorés sur un certain
nombre de points. L'Académie accorde à chacun de leurs
auteurs, M. Jacques de Reinach et M. Léon Poinsard, une
récompense de mille francs.

La section de Droit avait pris sous son patronage un
intérêt national d'un autre ordre en provocant une
étude sur la *mer territoriale*, c'est-à-dire sur le *principe de la
souveraineté et les conditions légales de la navigation dans les
eaux qui en dépendent.* Il y a moins de deux cents ans, les peuples qui devaient leur fortune au commerce maritime, les
Portugais, les Hollandais, les Espagnols et les Anglais,
s'arrogeaient, sur les différentes parties du globe, la pleine
et absolue propriété des eaux dont ils avaient frayé la route.
Le droit public universel reconnaît aujourd'hui que la haute
mer n'appartient en propre à personne et que les pavillons

de toutes les nations souveraines y ont, au même titre, la liberté de circulation. Il est également admis, de l'assentiment commun, que la mer qui baigne les côtes d'un pays appartient à ce pays, si elle lui sert de frontière. Mais cette dépendance constitue-t-elle une propriété semblable à celle qui s'exerce sur le littoral même, ou un droit qui entraîne seulement la faculté d'accomplir certains actes de préservation? Si cette dernière interprétation est celle qui prévaut dans les écrits des publicistes contemporains, nul jusqu'ici n'en a définitivement établi les principes. Quelle est l'étendue de la zone territoriale? Peut-elle être fixée mathématiquement, comme on le faisait jadis, à la distance déterminée d'un certain nombre de milles, ou suivant les théories plus justifiées de la science moderne, sa limite n'est-elle pas subordonnée au perfectionnement des ressources de la défense? Quelles doivent être, d'autre part, les règles du droit international sur la propriété et la libre navigation en temps de paix et en temps de guerre, non seulement des détroits proprement dits, mais encore des détroits artificiels comme le canal de Suez? Tel était le large champ d'investigations qu'ouvrait le concours. L'Académie, appréciant dans le Mémoire qu'elle a reçu le fond solide des études juridiques, l'étendue des recherches, la justesse des observations courantes et des conclusions partielles, lui attribue une récompense de mille francs. L'auteur est M. Imbart-Latour, docteur en droit.

Il appartenait aux sections réunies d'Économie politique et de Législation d'examiner les titres des candidats au prix fondé par M. Wolowski en faveur *du meilleur ouvrage de droit publié dans les six dernières années*. Grâce à des accumulations d'intérêts arriérés, la somme disponible était de cinq mille francs. Trois médailles sont accordées : une de mille francs, deux de cinq cents francs. Les médailles de cinq cents francs sont décernées : l'une, à M. Lehr, pour ses *Éléments de droit civil anglais*, dont les jurisconsultes les plus autorisés de l'Angleterre tiennent en grande estime l'exactitude et la clarté ; l'autre, à M. Edmond Villey, professeur à la Faculté de droit de Caen, déjà lauréat de l'Institut, pour son *Cours de Droit criminel*. La médaille de mille francs est attribuée à M. André Weiss, professeur agrégé à la Faculté de droit de Dijon qui, dans un traité élémentaire de *Droit international privé*, a exposé avec netteté toutes les questions relatives à la nationalité et à la condition des étrangers. Mais, dès l'abord, le jury avait placé hors de pair le *Précis de Droit commercial* de MM. Lyon-Caen et Léon Renault, professeurs à la Faculté de droit de Paris. Cet ouvrage, composé de deux volumes renfermant plus de deux mille pages, est un Manuel au sens le plus élevé du mot : tous les renseignements de doctrine et de jurisprudence, propres à élucider le Code de commerce, y sont réunis avec la simplicité d'appareil qui est le caractère de la science sûre d'elle-même. L'Académie lui décerne le prix dont la valeur est de trois mille francs.

Un jour qu'on demandait à Victor Cousin pourquoi il avait réservé à la philosophie ancienne le bénéfice de sa fondation, il répondit dans son grand langage : « Je veux qu'on retourne sans cesse aux autels des dieux ; on honorera toujours assez les idoles modernes. » — La section de Philosophie n'a pas entendu honorer les idoles modernes en ouvrant un concours sur la question du *pessimisme ;*

mais elle a cru utile de soumettre à la critique un système dont les adeptes ne seraient pas éloignés de faire
une religion. « Le mieux pour l'homme est de ne pas
naître, et, quand il est né, de mourir jeune », a dit le tra-
gique grec ; et l'écho de cette plainte mélancolique a
traversé les siècles, retentissant dans l'âme du poète épris
de l'idéal ou dans l'intelligence du penseur qu'attire le
mystère de l'inconnu, répété après eux, sous le coup de
la douleur, par tous ceux qui ont subi l'épreuve des souf-
frances ou des amertumes de l'existence. Mais jamais
encore on n'avait entrepris d'ériger en une conception
doctrinale ce sentiment des misères humaines. Léopardi se
plaît à chanter que c'est pour l'homme une triple illusion
de chercher le bonheur soit dans la vie présente, soit dans
une vie future, soit dans la vie collective et progressive
de l'humanité. Tout l'effort de la logique de Schopenhauer
porte sur la démonstration qu'il veut faire que l'homme
doit être malheureux ; et, comme par un surenchéris-
sement de ténébreuse et cruelle métaphysique, M. de
Hartmann prononce qu'en réalité l'homme est malheureux. Peut-être sommes-nous plus libres que d'autres pour
apprécier le vice logique du système et le danger des ruines
qu'il accumule dans la conscience. Le pessimisme a engen-
dré le nihilisme en Russie, et en Allemagne, il soutient le
socialisme. Chez nous, il n'a produit qu'une littérature d'oi-
sifs, non sans talent parfois, mais sans autorité. C'est un
mal qui n'est point français. Les rêves obscurs et malsains
dont il se nourrit répugnent à notre esprit national, alerte
et vaillant, qui n'est à l'aise que dans l'activité et la lumière. Contre ces désolantes glorifications du néant, éle-

vées à la hauteur d'un dogme philosophique et social, le remède le plus sûr sera toujours le sentiment du devoir et ses clartés sereines, du devoir raisonnablement et courageusement accompli. L'erreur fondamentale des doctrinaires du pessimisme est de prétendre construire une métaphysique en dehors de la morale. Si le mal peut avoir sa théorie, le bien aussi a son principe. En provoquant l'examen de la théorie du mal, c'est le principe du bien dont, par une analyse contradictoire, les concurrents étaient appelés à sonder, après les maîtres, la profondeur et la solidité. L'espoir de l'Académie n'a pas été complètement satisfait, puisque le prix n'est pas décerné. Mai des sept mémoires produits, quatre ont été réservés : deux pour des mentions honorables accordées : l'une au n° 3, M. Henri Lauret, professeur de philosophie au Lycée d'Angoulême, qui s'est fait remarquer par une exposition sensée, pénétrante et fine des idées de Schopenhauer et de M. de Hartmann, l'autre au n° 5, M. Léon Lescœur, dont l'Académie a distingué la vive intelligence et le talent de discussion facile, de belle humeur, très littéraire. Le n° 1, qui témoigne aussi d'une plume élégante et exercée, porte en même temps la marque d'un esprit élevé et délicat, très versé dans la méditation des idées qu'il discute, très pénétré du sentiment douloureux qu'elles inspirent. L'auteur est M. Metman, ancien magistrat, avocat à Dijon; une médaille de deux mille cinq cents francs lui est décernée. Même récompense est attribuée au n° 7, M. Léon Jouvin, sous-inspecteur de l'enregistrement à Paris. Inégal, mal gardé contre certaines intempérances, mais très vivant et très substantiel, son Mémoire demeure, par l'ampleur de l'argu-

mentation comme par la fortifiante gravité des conclusions,
un des travaux que l'Académie se sait gré d'avoir suscités.

S'il est quelque chose qui puisse contribuer à donner
de la vie une idée saine, c'est assurément le sentiment de
la solidarité sociale et l'intelligence du devoir qui s'impose à chacun de travailler au bonheur de tous. La condition des classes ouvrières a été de tout temps l'une des
préoccupations les plus vives de l'Académie. Dans quel
esprit, vous le savez. L'auteur de l'*Ouvrière* le définissait,
il y a trente ans, avec une précision heureuse : « La question
à résoudre est celle-ci : sauver l'ouvrier par lui-même. »
Or parmi les moyens de faire naître dans le cœur de l'homme
le goût de se moraliser, je ne sais s'il en est de plus efficace
que l'amélioration du milieu où il est appelé à vivre. C'est
de cette pensée que s'est inspirée la section de Morale en
proposant l'étude *des logements d'ouvriers dans ses rapports
avec l'esprit de famille.* Créer le foyer, c'est créer la famille.
Les anciens avaient fait du culte du foyer la base de la
religion. L'âme du foyer est douce et bienfaisante à ceux
qui en entretiennent l'amour et le respect. En invitant à
l'esprit d'ordre, en inspirant le goût de la prévoyance, en
resserrant le lien des affections, le foyer transforme les habitudes, discipline les sentiments, fait germer les vertus.
Petites vertus, si l'on veut ; mais ce sont ces vertus de tous
les jours qui soutiennent la famille, et, avec la famille, la
société. Celui qui, par les exemples donnés et pratiqués autour de lui, enfant, époux et père, aura compris le bienfait
de l'autorité, la dignité de l'obéissance, les salutaires devoirs
des hiérarchies nécessaires, celui-là ne sera jamais tenté de
prendre pour règle la formule du blasphème et de la ré-

volte : « Ni Dieu, ni maître. » La section de Morale a re-
gretté que sa pensée n'ait pas été suffisamment comprise.
Des trois mémoires sur lesquels s'est arrêtée son attention
(les trois autres étant restés trop en dehors du sujet), l'un
a pris la question en économiste, l'autre en architecte, le
dernier en juriste. Sans doute il n'était pas sans intérêt
d'établir ce qu'une statistique étendue à tous les États, à
toutes les villes, et, dans les grandes villes, à tous les quar-
tiers, peut nous apprendre sur la déplorable organisation
des logements d'ouvriers. Encore moins devions-nous être
indifférents à l'exposé des règles techniques suivant lesquelles cette organisation a besoin d'être réformée, pour
donner satisfaction aux conditions d'une orientation sa-
lubre, d'un aménagement commode, d'une indépendance
sans isolement et d'un rapprochement sans promiscuité.
C'était enfin une diversion heureuse que de nous montrer,
pour rendre à la vie de famille son attrait, les dangers et
les vices du célibat, en s'appuyant sur le vœu du législa-
teur. Mais c'est à l'étude de l'action morale du foyer
domestique que nous aurions voulu voir ramener ces aperçus juridiques et ces observations de métier. Cependant
il est un mérite commun aux trois mémoires qu'il est bon
de relever. Tous ils repoussent avec énergie l'indiscrète
intervention de l'État. Chacun d'eux se distingue, en
outre, par des mérites propres que la section a jugés
dignes de récompense. L'Académie, tenant compte au
n° 1 de la richesse de son inventaire, accorde à l'auteur,
M. Antony Rouilliet, une médaille de cinq cents francs.
Elle décerne deux médailles de mille francs : l'une, à
MM. Muller et Cacheux (n° 5), dont les plans bien étudiés ·

jettent sur ce qu'ils appellent, dans leur langue d'hommes d'affaires, le côté pratique du sujet, d'utiles lumières ; l'autre, à M. Charles Berteaux, docteur en droit, procureur de la République à Romorantin (n° 7), à qui le temps sans doute a manqué pour assurer à son mémoire la tenue de composition et la force d'expression qui donnent à la pensée tout son relief, mais dont l'esprit droit et ouvert a bien saisi certains traits du sujet et qui en résume avec accent l'idée essentielle, lorsqu'il dit : « Au milieu qui tue la famille substituons un milieu qui la vivifie. »

En même temps qu'elle appelait l'attention publique sur l'un des moyens de relever l'existence morale des ouvriers dans les villes, l'Académie choisissait pour sujet du prix quinquennal de dix mille francs fondé par le baron de Beaujour : *l'Indigence et l'Assistance dans les campagnes.* Quelle était, il y a cent ans, quelle est aujourd'hui la condition des populations rurales? Quelle part leur a été faite dans nos lois d'assistance? Quelles réformes nouvelles y aurait-il lieu de poursuivre? Même pour ceux à qui il ne déplaît point de médire de leur temps, il serait difficile aujourd'hui d'évoquer sans invraisemblance l'image du paysan de La Bruyère. L'augmentation croissante des salaires agricoles, la diffusion de l'instruction, la vulgarisation des meilleurs engins de culture, le développement des voies de transport qui font circuler dans l'économie du corps social le produit du travail comme un sang nourricier, tous ces progrès dont le bénéfice s'est étendu aux régions jadis réputées inaccessibles ont profondément modifié le sort de l'ouvrier rural. Tout autre est d'ailleurs la misère des villes et la misère des campagnes.

A la ville, la misère, trop souvent greffée sur le vice et entretenue par le désordre, transmise de génération en génération comme une lèpre, a je ne sais quoi de douloureux qui glace le cœur même de ceux qui la soulagent. Soit qu'elle s'étale, soit qu'elle se cache, on sent qu'elle a des profondeurs incurables, et le contraste du luxe au milieu duquel elle se perpétue en rend le spectacle plus saisissant. A la campagne, on l'a dit avec finesse, ce qui se rencontre, c'est la pauvreté, ce n'est pas le paupérisme. A la campagne, point de misère inconnue, innommée, point de ces affairements de la vie urbaine, de ces distances qui creusent l'abîme entre celui qui manque du nécessaire et celui qui jouit du superflu. La main secourable est proche et toute prête à se tendre, offrant, avec le secours, les moyens de relèvement. Et puis, la nature aussi est là avec ses grandes lois de renouvellement, bonne conseillère pour tous, qui rappelle aux uns les souffances du chômage, et empêche les autres de s'aigrir dans le sentiment de leurs maux par l'espérance du travail renaissant avec les jours meilleurs; n'est-il pas enfin jusqu'au soleil qui, dissipant ce que la langue vulgaire appelle d'un mot si expressif la misère noire, fait pénétrer dans les plus humbles chaumières son rayon de santé et de gaîté? Cependant il est à la ville, comme à la campagne, des enfants, des malades, des infirmes; et l'intérêt national, non moins que la charité, commande que l'assistance leur vienne en aide. Mais quel sera l'organe de cette assistance? Est-ce l'État seul qui doit en assumer la charge? ou dans quelle mesure peut-il y participer? Il n'y a pas bien longtemps encore qu'une école plus généreuse qu'éclairée

essayait de remettre en honneur ce principe éclos, aux
premiers jours de la Constituante, dans des imaginations
égarées par l'amour de l'humanité : « Tout homme a droit
à la subsistance : l'État paie cette dette nationale. » La
raison publique s'est détachée de ces chimères. La charité
légale, a-t-on dit avec une haute sagesse, ouvre des sources
de misère plus abondantes que celles qu'elle peut fermer.
Non seulement, en énervant les ressorts du travail et des
vertus qui s'y rattachent, elle n'arriverait qu'à appauvrir
le pays, mais elle détruirait au fond des cœurs le germe
des sentiments qui assurent la cohésion et font la force
morale d'une nation. A l'individu d'abord, de payer sa
dette envers son semblable dans la mesure où il le peut;
à l'association, de soutenir l'individu dont les efforts sont
impuissants; à la commune, au canton, au département,
d'exercer autour d'eux une sage et bienfaisante tutelle par
les institutions de prévoyance, de secours et d'hygiène qu'il
est en leur pouvoir de créer ou d'encourager, en laissant
aux diverses assemblées qui les représentent la responsa-
bilité du bien à accomplir en même temps que la satisfaction du bien accompli. Quand, à tous les degrés, chacun a
épuisé ses ressources et fait son œuvre de fraternelle activité, c'est alors seulement que, dans un intérêt général
insuffisamment garanti, l'État a le devoir d'intervenir.
Ainsi peut-il espérer de faire le bien sans courir le
risque d'en voir sortir le mal; ainsi seront fortifiés les liens
de la société qu'une fausse application de l'assistance
systématiquement organisée aboutirait à détendre, sinon
à briser. Cette doctrine que nous avons déjà relevée
dans les mémoires sur les logements d'ouvriers, est éga-

lement le fond de tous ceux qu'a produits le concours
du prix de Beaujour. Au témoignage des membres de la
Commission, ce concours a été supérieur. Sur huit mémoires reçus, six obtiennent une récompense. Il est accordé : une mention honorable à M. Georges Saunois de
Chevert (n° 7), à qui l'Académie sait gré des monographies
d'institutions charitables dont son travail est semé ; une
mention très honorable (n° 1) à M. Antony Rouilliet, déjà
mentionné dans un autre concours, dont les laborieuses
analyses révèlent une fois de plus un esprit exact et nourri.
Des vues personnelles, développées avec abondance, sou-
tenues avec feu, ont mérité au n° 8, dont l'auteur est Mme Clémence Royer, une médaille de mille francs. Avec le n° 5, qui
appartient à M. Chevallier, professeur d'économie politique
à l'Institut national agronomique, nous nous élevons encore d'un degré : une science mûrie tant par l'étude des principes que par l'observation des faits, un sens juste, une
langue simple l'auraient peut-être, malgré de regrettables
lacunes, désigné pour le prix dans une année moins riche ;
il lui est décerné une médaille de trois mille francs. Une
récompense d'égale valeur est donnée au n° 2, M. Léon
Lallemand, avocat à la Cour de Paris, dont le travail, malheureusement trop court sur l'objet spécial de la question,
mais bien ordonné, solide et précis, a déjà la fermeté d'un
livre. Enfin une récompense plus haute, une médaille de
cinq mille francs, a paru nécessaire à l'Académie pour signaler dignement à l'opinion publique le n° 4, dont l'auteur
est M. Hubert-Valleroux, avocat à la Cour de Paris. Si la
passion l'anime, si la polémique l'entraîne çà et là avec
quelque excès, son œuvre dans l'ensemble est méthodique,

élevée et forte; elle aurait suffi pour honorer le concours.

Ce ne sont pas non plus les concurrents qui ont fait défaut pour le prix Joseph Audiffred. Le prix de cinq mille francs est attribué pour ses trois volumes : *la Première Invasion prussienne, Valmy, la Retraite de Brunswick,* à M. Arthur Chuquet, un des plus brillants représentants de notre histoire militaire. Très exactement informé en tout ce qui touche aux premières guerres de la Révolution française, M. Chuquet a eu le talent de se montrer neuf dans des récits où il était difficile de l'être et la sagesse de rester impartial dans un sujet où il serait excusable de ne l'avoir pas été. Un reliquat permettant d'accorder en outre quelques médailles, la Commission a distingué : pour une médaille de deux mille cinq cents francs, M. l'abbé Camille Rambaud, directeur d'un orphelinat à Lyon, qui, dans un livre d'*Économie sociale ou Science de la vie,* traite toutes les questions relatives aux rapports du patron avec l'ouvrier, avec indépendance, patriotisme et bon sens; pour une médaille de mille francs, M. Alexandre Martin, chargé de cours à la Faculté des lettres de Nancy, dont l'ouvrage intitulé *l'Éducation du caractère* analyse avec finesse les divers éléments qui peuvent concourir à assurer à l'enfant la rectitude et la fermeté des sentiments; pour trois médailles de cinq cents francs chacune, M. Duverger, professeur à la Faculté de droit de Paris, qui, dans un petit volume intitulé *l'Athéisme et le Code civil,* établit victorieusement que ni l'athéisme positiviste ni l'athéisme idéaliste ne saurait donner un fondement au devoir, — M. Arthur Raffalovich, dont les études sur *le logement de l'ouvrier et du pauvre,* solides et intéressantes, auraient pu prendre rang dans le concours dont nous venons de rendre compte, — M. Louis Vignon, auteur de la *France dans l'Afrique du nord* (*Algérie et Tunisie*), qui, par ce volume comme par celui qui l'a précédé sur les *Colonies françaises*, a heureusement contribué, suivant les termes mêmes du testament de Joseph Audiffred, « à faire connaître et aimer la patrie ».

Nous avions à appliquer pour la première fois le prix Thorel. Dans sa longue carrière de délégué cantonal à Paris, M. Thorel avait appris ce que vaut l'œuvre simplement accomplie d'un esprit juste, d'un cœur droit. Il savait qu'à l'école les gros livres, comme les grandes leçons, ne sont pas ce qui pénètre le plus sûrement dans l'intelligence de l'enfant. Il se défiait des manuels de pédagogie. Quelques pages d'une inspiration saine, voilà, à défaut d'une œuvre distinguée, ce qu'il avait en vue d'encourager. L'œuvre distinguée s'est rencontrée, et il nous semble que M. Thorel aurait donné sa pleine adhésion au jugement qui a accordé une médaille de mille francs à M. E. Anthoine, ancien inspecteur général de l'enseignement primaire, pour son livre : *A travers nos écoles, souvenirs posthumes*. L'Académie française avait remarqué ce recueil d'études morales et littéraires, de notes d'inspection prises sur le vif, de conseils pratiques et presque de confessions personnelles, d'un sentiment si fin, d'une grâce si aimable. Les règlements ne lui permettaient pas de décerner un prix Montyon à un écrivain qui ne lui avait pas fourni l'occasion de le récompenser avant sa mort. Elle a du moins contribué à le désigner à l'Académie des sciences morales, qui se félicite de pouvoir acquitter une double dette.

Grâce à la libéralité de M. Halphen, l'instruction primaire avait droit à une autre faveur. Sur des ressources ajoutées aux annuités triennales, elle a pu faire honneur à une institutrice, aujourd'hui inspectrice générale, Mlle Lucquin, qui, pendant plus de trente ans, a dirigé à Lyon une École professionnelle justement citée comme une école modèle. Une médaille de douze cents francs lui est accordée. Le prix, d'une valeur de quinze cents francs, ne pouvait être disputé à un homme qui, après avoir marqué sa place dans l'enseignement secondaire, s'est élevé au premier rang parmi les interprètes autorisés des besoins de l'enseignement populaire, M. l'inspecteur général Vessiot. Deux livres d'une remarquable valeur pédagogique, l'*Éducation à l'école* et l'*Enseignement à l'école*, une Revue (*l'Instituteur*) qui, depuis deux ans à peine qu'elle est fondée, a conquis, dans le corps enseignant, un crédit à part, répondaient et au delà à l'objet du concours. Judicieusement appropriés aux besoins de ceux auxquels ils s'adressent, les articles et les livres de M. Vessiot visent en même temps un but plus élevé. Frappé, non sans regret, de l'affaiblissement du sentiment religieux chez les familles et profondément convaincu de la nécessité de donner à la morale, dans la conscience de l'enfant, une base spiritualiste inébranlable, M. Vessiot ramène à cette préoccupation toute la discipline de l'école ; et, joignant l'exemple au précepte, il fait de cette doctrine l'âme de son propre enseignement.

Pour couronner cette année féconde, il vous appartenait de décerner le prix Jean Reynaud. Vous l'avez attribué à M. Fustel de Coulanges. C'est l'invention que Jean Reynaud, ce philosophe si inventif lui-même, a voulu concourir à signaler. M. Fustel de Coulanges n'accepterait

peut-être pas sans réserve ce mérite d'invention. L'histoire
est pour lui une science inviolable : ni l'imagination du
poète, ni la passion du politique, ni même la conception
du philosophe n'a le droit d'y toucher. Tels il saisit les
faits dans les textes, tels il les exprime, sans autre souci
que de montrer ce qu'il a vu. C'est ainsi qu'il a reconstitué
la *Cité antique* et les *Institutions politiques de la France à
l'époque mérovingienne*, qui ont fondé sa renommée. Mais
nulle part peut-être le secret de son talent ne se révèle
avec plus d'autorité que dans un volume qui appartenait
proprement au concours par sa date récente, et dont le
titre est : *Recherches sur quelques problèmes d'histoire*. A lire
ce recueil de savants mémoires sur des questions tou-
chant au régime des personnes et au régime des biens
au moyen âge, il semble qu'on suive le travail péné-
trant, approfondi, obstiné de son esprit. Des textes,
médités avec une patience aussi heureuse qu'infatigable,
l'idée sort peu à peu, se ramifie comme les racines d'une
plante qui s'organise, s'étend, se développe, s'épanouit,
jetant au jour toute une floraison de coordinations origi-
nales et de vues nouvelles. A cette méthode d'investigation
sagace s'accommode une langue simple, précise et sobre,
qui n'est que l'exacte expression des choses, et d'où la chaleur se dégage avec la lumière. Ce sévère logicien est en
même temps — qu'il me le pardonne ! — un charmeur. Il
s'insinue, il captive, il enferme et retient la pensée dans le
réseau de ses déductions ingénieuses et hardies. Ceux-là
mêmes qui ne peuvent souscrire à toutes les idées de
M. Fustel de Coulanges sont les premiers à faire profes-
sion d'admiration pour ce don d'analyse créatrice qui, à

l'étranger comme en France, l'a placé parmi les maîtres de
l'école historique contemporaine. Comment ne pas s'in-
cliner devant cet absolu dévouement à l'œuvre qu'l pour-
suit, devant cet amour de la science dont il a vécu et qui,
longtemps encore, grâce à Dieu, le fera vivre ?

A ces hommages, qu'il nous est si doux de rendre, pourquoi faut-il que nous ayons à mêler des expressions de
regret? Nous avons perdu, cette année, trois confrères, un
associé étranger, un membre titulaire et un membre libre,
M. Sumner-Maine, M. Paul Pont, M. Hippolyte Carnot :
— Sumner-Maine, élève, puis professeur de l'Université
de Cambridge ; homme d'action à ses jours et qui, pendant quelques années, « conseiller pour les affaires de
l'Inde », administra le pays dont il avait décrit les institutions primitives; par-dessus tout, historien philosophe et
écrivain humoriste, versant à pleines mains les anecdotes
piquantes et les observations profondes ; — Paul Pont,
le savant auteur du *Traité du contrat de mariage* et du
Traité des sociétés civiles et commerciales, l'intègre juriscon-
sulte, qui, à l'Académie comme à la Cour de cassation,
modestement, mais avec une autorité d'autant plus res-
pectée qu'elle ne s'imposait point, portait dans les esprits la lumière ; — Hippolyte Carnot, l'honnète homme,
attaché dès sa jeunesse à toutes les sociétés de propagande
généreuse, dévoué pendant soixante ans aux intérêts les
plus élevés de la démocratie, et partout, — en exil, au pouvoir, dans l'Opposition où le rejeta le gouvernement de
l'Empire comme dans les rangs de la politique libérale que
lui avait rouverts la République, — obtenant l'estime des
partis contraires par la droiture de son caractère, par la

modération résolue de ses idées, par la dignité de sa vie.

J'aurais fini si, rapporteur fidèle, je n'avais à dire un mot d'un incident de nos dernières séances. Tandis qu'il s'occupait de nous léguer un bien considérable, un de nos plus récents donateurs, M. Corbay, avait pris les avis de deux de nos confrères, M. Aucoc et M. Picot; et par un sentiment de gratitude délicate, il s'était réservé de leur faire une place dans son testament. Après s'être dévoués sans compter à leur charge d'héritiers consultants, MM. Aucoc et Picot n'ont voulu retenir des intentions de M. Corbay que le moyen de devenir à leur tour les bienfaiteurs de l'Académie. Ils ont fondé deux prix : l'un de deux mille francs, sur l'*Administration royale sous François Ier*, l'autre de six mille francs, et dont le sujet est *le Parlement de Paris depuis l'avènement de saint Louis jusqu'à l'avènement de Louis XII*. Leur récompense sera de trouver dans les mémoires que produiront ces deux grandes questions, la méthode, la science, les vues, dont l'*Histoire du Conseil d'État* et l'*Histoire des États généraux* ont donné des modèles.

Tel est, Messieurs, le résumé de l'ensemble de vos travaux de l'année (1). Et maintenant, le procès-verbal étant lu et adopté, la séance, la vraie séance, est ouverte : la parole est à M. Jules Simon.

(1) A la liste des prix décernés, il convient d'ajouter le prix Gegner attribué à M. Picavet, bibliothécaire de la Faculté des lettres de Paris, auteur d'un excellent Mémoire sur le *Scepticisme dans l'Antiquité grecque*, et lauréat de l'Institut. On sait que le prix Gegner, d'une valeur de quatre mille francs, est « destiné à soutenir un écrivain philosophe qui se sera signalé par des travaux sérieux, et qui contribuera, dès lors, au progrès de la science philosophique. »

ACADÉMIE

DES

SCIENCES MORALES ET POLITIQUES.

SÉANCE PUBLIQUE ANNUELLE

DU SAMEDI 1ᵉʳ DÉCEMBRE 1888.

ANNONCE DES PRIX DÉCERNÉS

POUR L'ANNÉE 1888.

PRIX DU BUDGET.

SECTIONS D'ÉCONOMIE POLITIQUE ET D'HISTOIRE RÉUNIES.

L'Académie avait proposé pour l'année 1888 le sujet suivant :

Exposer les origines, la formation et le développement, jusqu'en 1789, de la dette publique en France.

L'Académie ne décerne pas le prix, mais elle accorde une récompense de *quinze cents francs* à M. J.-B. PAQUIER, professeur d'histoire au lycée Saint-Louis, auteur du mémoire inscrit sous le n° 1, ayant pour épigraphe :

« *Savoir, c'est prévoir.* »

PRIX GEGNER

SECTION DE PHILOSOPHIE.

Ce prix, de la valeur de *quatre mille francs,* est « *destiné à soutenir un écrivain philosophe qui se sera signalé par des travaux sérieux, et qui contribuera, dès lors, au progrès de la science philosophique* ».

L'Académie continue le prix à M. PICAVET, bibliothécaire à la Faculté des lettres de Paris.

PRIX LÉON FAUCHER.

SECTION D'ÉCONOMIE POLITIQUE, STATISTIQUE ET FINANCES.

L'Académie avait proposé pour l'année 1888 la question suivante :

Les variations du prix et du revenu de la terre en France depuis un siècle.

L'Académie décerne le prix d'une valeur de *trois mille francs* à M. DANIEL ZOLLA, professeur d'économie rurale et de législation à l'école nationale d'agriculture de Grand-Jouan, auteur du mémoire inscrit sous le n° 1, ayant pour épigraphe :

« Pour nous, c'est dégagés de toute prévention théorique que nous avons interrogé les faits, etc. »

(H. PASSY. — *Des Systèmes de culture,* p. 147.)

PRIX VOLOWSKI.

SECTIONS D'ÉCONOMIE POLITIQUE ET DE LÉGISLATION RÉUNIES.

L'Académie décerne le prix d'une valeur de *trois mille francs* à MM. Ch. LYON-CAEN et L. RENAULT, professeurs à la Faculté de droit de Paris, pour leur ouvrage intitulé : *Précis de droit commercial.*

Elle accorde en outre :

Une récompense de *mille francs*, à M. ANDRÉ WEISS, professeur à la Faculté de droit de Dijon, pour son ouvrage intitulé : *Traité élémentaire de droit international privé.*

Et deux récompenses de *cinq cents francs* chacune : à M. ERNEST LEHR, demeurant à Paris, pour son ouvrage : *Éléments de droit civil anglais*, et à M. EDMOND VILLEY, professeur à la Faculté de droit de Caen, pour son ouvrage : *Précis d'un cours de droit criminel.*

PRIX DU COMTE ROSSI.

SECTION D'ÉCONOMIE POLITIQUE, STATISTIQUE ET FINANCES.

L'Académie avait proposé ¡pour l'année 1888 le sujet suivant :

Exposer les faits qui, dans les sociétés de l'antiquité grecque et romaine, prouvent la permanence des lois économiques.

L'Académie décerne le prix d'une valeur de *cinq mille*

francs à M. Léon Smith, demeurant à Paris, auteur du mémoire inscrit sous le n° 2, ayant pour épigraphe :

« Les êtres particuliers, intelligents, peuvent avoir des lois qu'ils ont faites ; mais ils en ont aussi qu'ils n'ont pas faites. »
(Montesquieu.)

Et accorde une mention honorable à M. J. Chastin, professeur au lycée de Nice, auteur du mémoire inscrit sous le n° 1, ayant pour épigraphe :

« Les lois dans la signification la plus étendue sont les rapports nécessaires qui dérivent de la nature des choses. »
(Montesquieu, *Esprit des lois*, I, 1.)

PRIX DU BARON FÉLIX DE BEAUJOUR.

COMMISSION MIXTE.

L'Académie avait proposé pour l'année 1888 le sujet suivant :

L'Indigence et l'Assistance dans les campagnes depuis 1789 jusqu'à nos jours.

L'Académie ne décerne pas le prix, mais elle accorde les récompenses ci-après :

1° Une récompense de *cinq mille francs*, à M. Hubert-Valleroux, avocat à la cour d'appel de Paris, auteur du mémoire n° 4, ayant pour épigraphe :

« La loi, en matière d'assistance, fera toujours moins que les mœurs. »

2° Une récompense de *trois mille francs*, à M. Léon Lal-

LEMAND, avocat à la cour d'appel de Paris, auteur du mémoire n° 2, ayant pour épigraphe :

« *Malo periculosam libertatem, quam otiosam servitutem.* »

3° Une récompense de *trois mille francs*, à M. E. CHEVAL-LIER, membre du Conseil général de l'Oise, professeur d'Économie politique à l'Institut national agronomique, auteur du mémoire n° 5, ayant pour épigraphe :

« Dans une société riche, l'État a le devoir, puisqu'il en a les moyens, de traiter ses indigents et ses invalides mieux qu'il ne le ferait dans une société pauvre. »

(LEVASSEUR.)

4° Une récompense de *mille francs*, à Mme CLÉMENCE ROYER, demeurant à Paris, auteur du mémoire n° 8, ayant pour épigraphe :

« Il y aura toujours des pauvres parmi vous. »

(J.-C.)

5° Une mention *très honorable*, à M. ANTONY ROUILLIET, avocat, demeurant à Paris, auteur du mémoire n° 1, ayant pour épigraphe :

« *Humani nihil a me alienum puto.* »

6° Une mention honorable, à M. GEORGES SAUNOIS DE CHEVERT, licencié en droit, demeurant à Paris, auteur du mémoire n° 7, ayant pour épigraphe :

L'hypocrisie est morte, on ne croit plus aux prêtres,
Mais la vertu se meurt, on ne croit plus à Dieu.

(ALFRED DE MUSSET.)

« Pour certaines sciences, ce qui les répand vaut mieux que ce qui les avance. »

(BENTHAM.)

PRIX BORDIN.

SECTION DE MORALE.

L'Académie avait proposé pour l'année 1888 le sujet suivant :

De l'amélioration des logements d'ouvriers dans ses rapports avec le rétablissement de l'esprit de famille.

L'Académie ne décerne pas le prix, mais elle accorde deux récompenses *ex æquo, de mille francs chacune*, aux mémoires inscrits sous les n°s 7 et 5.

L'auteur du mémoire n° 7, ayant pour épigraphe :

« Le problème à résoudre est celui-ci : sauver l'ouvrier par lui-même. »
(JULES SIMON, *l'Ouvrière*.)

est M. CHARLES BERTHEAU, procureur de la République, à Romorantin.

Les auteurs du mémoire n° 5, ayant pour épigraphe :

« *Artibus et scientia.* »

sont MM. ÉMILE MULLER et E. CACHEUX, demeurant à Paris.

L'Académie accorde en outre une récompense de *cinq cents francs* au mémoire inscrit sous le n° 1, ayant pour épigraphe :

« *Home, swett home.* »

L'auteur de ce mémoire est M. ANTONY ROUILLIET, demeurant à Paris.

SECTION DE LÉGISLATION, DROIT PUBLIC ET JURISPRUDENCE.

L'Académie avait proposé pour l'année 1888 le sujet suivant :

La Mer territoriale.

Étude sur le principe de la souveraineté et les conditions légales de la navigation dans les eaux qui en dépendent.

L'Académie ne décerne pas le prix mais elle accorde une récompense de *mille francs* à M. IMBART LATOUR, docteur en droit, demeurant à Paris, auteur du mémoire inscrit sous le n° 1, ayant pour épigraphe :

« Aux frontières du royaume de l'intelligence, les erreurs se masquent, se déguisent et pénètrent en contrebande, en se riant de la douane et du lazaret, etc. »

(*Maximes et Pensées* du comte DE NUGENT.)

———

SECTION D'ÉCONOMIE POLITIQUE, STATISTIQUE ET FINANCES.

L'Académie avait proposé pour l'année 1888 le sujet suivant :

De la forme des emprunts publics en France, en Angleterre et en Hollande au XVIIIe et au XIXe siècle.

L'Académie ne décerne pas le prix, mais elle accorde une récompense de *mille francs* à chacun des deux mémoires envoyés.

L'auteur du mémoire n° 1, ayant pour épigraphe :

« L'histoire politique d'un pays sans son histoire financière n'est qu'un squelette. »

est M. Jacques de Reinach, demeurant à Paris.

L'auteur du mémoire n° 2, ayant pour épigraphe :

« Quand'une nation veut s'endetter, il n'y a pas de système qui puisse aller contre cette volonté, et quand une nation veut réduire sa dette, il n'y a pas de système qui soit mauvais. »

(Léon Say.)

est M. Léon Poinsard, *bibliothécaire à l'École libre des Sciences politiques.*

PRIX HALPHEN.

COMMISSION MIXTE.

L'Académie décerne le prix d'une valeur de *quinze cents francs* à M. A. Vessiot, inspecteur général de l'Instruction primaire, pour ses ouvrages intitulés :

1° *L'Instituteur, revue d'éducation et d'enseignement;*

2° *De l'Enseignement à l'école et dans les classes de grammaire des lycées et collèges ;*

3° *De l'Éducation à l'école.*

L'Académie accorde en outre une récompense de *douze cents francs* à Mlle Élise Luquin, directrice des cours supérieurs d'enseignement commercial pour les jeunes filles, à Lyon, pour ses ouvrages intitulés :

Études commerciales. — Droit commercial. — Comptabilité, tenue de livres. — Programmes généraux.

PRIX CROUZET.

SECTION DE PHILOSOPHIE.

L'Académie avait proposé pour l'année 1888 le sujet suivant :

Examen critique et histoire du pessimisme.

L'Académie ne décerne pas le prix, mais elle accorde deux récompenses *ex æquo* de *deux mille cinq cents francs* chacune aux mémoires inscrits sous les n°s 1 et 7.

L'auteur du mémoire n° 1, ayant pour épigraphe :

« Un monde sans Dieu est horrible. »
(E. RENAN, *Dialogues philosophiques*, p. 137.)

est M. ÉTIENNE METMAN, avocat, demeurant à Dijon.

L'auteur du mémoire n° 7, ayant pour épigraphe :

« Donnez-nous vos idées personnelles ; elles seront les bienvenues, si elles sont raisonnables et méditées ; votre originalité fera notre joie. »
(Discours de M. MARTHA, à la séance publique annuelle du 7 novembre 1885.)

est M. LÉON JOUVIN, sous-inspecteur de l'enregistrement, à Paris.

L'Académie accorde en outre une mention honorable à titre égal aux mémoires inscrits sous les n°s 3 et 5.

L'auteur du mémoire n° 3 ayant pour épigraphe :

« Étudions les principes ; quand on les connaît, tout le reste suit. »
(Imité de Montesquieu.)

est M. Henri Lauret, docteur ès lettres, professeur agrégé de philosophie à Angoulême.

L'auteur du mémoire n° 5, ayant pour épigraphe :

« Tous les hommes veulent être heureux jusqu'à ceux qui se tuent ou qui se pendent. »
(Pascal.)

est M. Léon Lescœur, demeurant à Paris.

PRIX JEAN REYNAUD.

COMMISSION MIXTE.

L'Académie a décerné le prix d'une valeur de *dix mille francs* à M. Fustel de Coulanges, membre de l'Institut, professeur à la Faculté des Lettres de Paris.

PRIX JOSEPH AUDIFFRED.

COMMISSION MIXTE.

L'Académie décerne le prix d'une valeur de *cinq mille francs* à M. Arthur Chuquet, pour ses trois volumes : *la Première Invasion prussienne, Valmy, la Retraite de Brunswick.*

L'Académie accorde en outre :

Une récompense de *deux mille cinq cents francs*, à

M. l'abbé Camille Rambaud, pour son livre : *Économie sociale et politique ou science de la vie.*

Une récompense de *mille francs*, à M. Alexandre Martin, pour son livre : *l'Éducation du caractère.*

Et trois récompenses de *cinq cents francs* chacune, à M. Duverger, pour son livre : *l'Athéisme et le Code civil;* à M. Arthur Raffalovich, pour son livre : *le Logement de l'ouvrier et du pauvre;* et à M. Louis Vignon, pour son livre : *La France dans l'Afrique du Nord. — Algérie et Tunisie.*

PRIX ERNEST THOREL.

COMMISSION MIXTE.

L'Académie n'a pas décerné le prix, mais elle a accordé une récompense de *mille francs* à M. E. Anthoine, ancien inspecteur général de l'enseignement primaire, pour son livre : *A travers nos écoles, souvenirs posthumes.*

ACADÉMIE

SCIENCES MORALES ET POLITIQUES,

ANNONCE DES CONCOURS

DONT LES TERMES EXPIRENT

EN 1888, 1889, 1890, 1891, 1892 ET 1893.

———

PRIX DU BUDGET

———

SECTION DE PHILOSOPHIE.

L'Académie rappelle qu'elle a proposé pour l'année 1890 la question suivante :

Exposer les théories des logiciens modernes depuis la révolution cartésienne jusqu'à nos jours.

Rechercher si ces théories, soit en logique déductive, soit en logique inductive, ont modifié ou agrandi le champ de la logique tel que l'avait déterminé Aristote.

Le prix est de la valeur de *deux mille francs.*

Les mémoires devront être déposés au secrétariat de l'Institut le 31 *décembre* 1889.

———

SECTION DE MORALE.

L'Académie avait proposé pour l'année 1886 le sujet suivant :

Examiner et apprécier les principes sur lesquels repose la pénalité dans les doctrines philosophiques les plus modernes.

Un seul mémoire très insuffisant ayant été envoyé au concours de 1886, le prix n'a pas été décerné.

Toutefois l'Académie, jugeant le sujet trop beau et de trop d'importance pour qu'il ne soit pas permis d'espérer qu'après un nouveau délai il suscitera des œuvres plus dignes, proroge le concours à l'année 1889.

Le prix est de la valeur de *deux mille francs.*

Les mémoires devront être déposés au secrétariat de l'Institut le 31 *décembre* 1888.

L'Académie rappelle qu'elle a proposé pour l'année 1890 le sujet suivant :

Exposer, d'après les œuvres de saint Jean Chrysostome, quelles étaient les mœurs de son temps et discuter, au point de vue moral, la manière dont il les juge.

Le prix est de la valeur de *deux mille francs.*

Les mémoires devront être déposés au secrétariat de l'Institut le 31 *décembre* 1889.

SECTION DE LÉGISLATION, DROIT PUBLIC ET JURISPRUDENCE.

L'Académie rappelle qu'elle a proposé pour l'année 1891 le sujet de concours suivant :

Exposer le développement du régime dotal en France, depuis le Code civil jusqu'à nos jours.

PROGRAMME.

« Les concurrents devront faire rapidement connaître le régime dotal au XVIIIe siècle et au moment de la rédaction du Code civil; ils indiqueront le système consacré par ce Code et étudieront ensuite aussi complètement que possible l'œuvre de la jurisprudence; ils chercheront comment elle a interprété, appliqué, complété le Code civil; ils arriveront ainsi à exposer l'état actuel de la question, se demanderont en outre dans quelles parties de la France le régime dotal, autrefois inconnu, est devenu d'un usage fréquent; ils étudieront les conséquences de ces changements soit au point de vue de la famille, soit au point de vue économique et social. »

Le prix est de la valeur de *deux mille francs.*

Les mémoires devront être déposés au secrétariat de l'Institut le 31 *décembre* 1890.

L'Académie propose pour l'année 1893 le sujet suivant :

Étude de législation comparée sur la participation des particuliers à la poursuite des crimes et des délits.

PROGRAMME.

L'institution du ministère public adoptée par presque. tous les pays de l'Europe a donné le rôle principal à l'État dans la poursuite des infractions à la loi pénale et, par cela même, diminué celui des particuliers. Aujourd'hui, en France, les citoyens ont la voie de la citation directe en matière de délit; mais au grand criminel, le ministère public a seul le droit de mettre en mouvement l'action publique; le simple particulier, même s'il est gravement lésé par un crime, ne peut que déposer une plainte ou se constituer partie civile. Sous l'empire de l'ordonnance de 1670, conforme au droit antérieur, il aurait pu se porter accusateur. Les législations étrangères ont adopté sur cette question des solutions diverses. En Angleterre, on ne connaît que depuis peu de temps une institution analogue au ministère public. Certains auteurs ont proposé de séparer d'une manière absolue l'action publique de l'action civile, de retirer aux particuliers le droit de saisir la justice répressive, même pour leurs intérêts privés. Les concurrents devront exposer tous ces systèmes, et les apprécier sans perdre de vue le côté historique du sujet.

Le prix est de la valeur de *deux mille francs.*

Les mémoires devront être déposés au secrétariat de l'Institut le 31 *décembre* 1892.

SECTION D'ÉCONOMIE POLITIQUE, STATISTIQUE ET FINANCES.

L'Académie rappelle qu'elle a proposé pour l'année 1891 le sujet de concours suivant :

Des transformations survenues durant la seconde moitié du XIXe siècle dans les transports maritimes et de leur influence sur les relations commerciales.

Le prix est de la valeur de *deux mille francs.*

Les mémoires devront être déposés au secrétariat de l'Institut le 31 *décembre* 1890.

L'Académie propose pour l'année 1894 le sujet de concours suivant :

Le patronage.

PROGRAMME.

Étudier, en France et à l'étranger, le patronage, c'est-à-dire les moyens employés par les patrons en vue d'améliorer la condition matérielle et morale de leurs employés et ouvriers, etc., et d'établir entre l'entrepreneur et le salarié des relations autres que celles qui résultent de l'exécution du travail par l'un, et du paiement du salaire par l'autre, et propres à créer une certaine harmonie entre les diverses catégories de collaborateurs d'un même établissement agricole, industriel et commercial.

Le prix est de la valeur de *deux mille francs.*

Les mémoires devront être déposés au secrétariat de l'Institut le 31 *décembre* 1893.

SECTION D'HISTOIRE GÉNÉRALE ET PHILOSOPHIQUE.

L'Académie rappelle qu'elle a proposé pour l'année 1889 le sujet suivant :

Exposer les institutions politiques, judiciaires et financières du règne de Philippe-Auguste.

« L'Académie demande un travail original fait d'après la lecture et la critique des écrivains du temps et des chartes et diplômes publiés ou inédits de ce règne. »

Ce prix est de la valeur de *deux mille francs*.

Les mémoires devront être déposés au secrétariat de l'Institut le 31 *décembre* 1888.

L'Académie rappelle qu'elle a proposé pour l'année 1892 le sujet de concours suivant :

Politique étrangère de l'abbé Dubois.

PROGRAMME.

« Les concurrents devront s'attacher à exposer, d'après les documents authentiques conservés dans les archives de France et d'Angleterre, la politique étrangère de l'abbé Dubois depuis ses premières négociations jusqu'à sa mort. Ils en apprécieront les résultats au double point de vue de l'intérêt et de l'honneur de la France. »

Le prix est de la valeur de *deux mille francs*.

Les mémoires devront être déposés au secrétariat de l'Institut le 31 *décembre* 1891.

PRIX BORDIN.

SECTION DE PHILOSOPHIE.

L'Académie rappelle qu'elle a proposé pour l'année 1889 le sujet suivant :

Philosophie de Fr. Bacon.

PROGRAMME.

Apprécier la polémique de Bacon contre toutes les philosophies antérieures, et particulièrement contre Platon et Aristote.

Exposer la méthode et le système de Bacon d'après l'*Instauratio magna* et surtout d'après le *Novum organum*.

Étudier sa morale et déterminer l'influence que Bacon a exercée sur le XVIIe et le XVIIIe siècles, et celle qu'il exerce encore sur la science contemporaine.

Le prix est de la valeur de *deux mille cinq cents francs*.

Les mémoires devront être déposés au secrétariat de l'Institut le 31 *décembre* 1888.

SECTION DE MORALE.

L'Académie a prorogé à l'année 1891 le sujet suivant qu'elle avait proposé pour l'année 1888 :

La Morale de Spinoza. Examen de ses principes et de l'influence qu'elle a exercée dans les temps modernes.

Le prix est de la valeur de *deux mille cinq cents francs.*

Les mémoires devront être déposés au secrétariat de l'Institut le 31 *décembre* 1890.

L'Académie rappelle qu'elle a proposé pour l'année 1891 le sujet suivant :

La Morale dans l'histoire.

Les concurrents devront discuter principalement les points suivants :

« La morale peut-elle rester étrangère à l'histoire ou bien en doit-elle être soit un des buts, soit un élément nécessaire?

« Y a-t-il, pour l'histoire, des maximes de morale différentes de celles de la morale ordinaire?

« Quelle part peut ou doit être faite, dans l'appréciation des faits historiques, aux idées morales des temps ou des lieux où ces faits se sont produits? »

Le prix est de la valeur de *deux mille cinq cents francs.*

Les mémoires devront être déposés au secrétariat de l'Institut le 31 *décembre* 1890.

SECTION DE LÉGISLATION, DROIT PUBLIC ET JURISPRUDENCE.

L'Académie rappelle qu'elle a proposé pour l'année 1892 le sujet suivant :

L'Arbitrage international, son passé, son présent, son avenir.

Le prix est de la valeur de *deux mille cinq cents francs*.

Les mémoires devront être déposés au secrétariat de l'Institut le 31 *décembre* 1891.

SECTION D'ÉCONOMIE POLITIQUE, STATISTIQUE ET FINANCES.

L'Académie propose pour l'année 1893 le sujet suivant :

L'émigration et l'immigration au XIXe siècle.

PROGRAMME.

Cette question a déjà été posée il y a vingt-cinq ans dans un concours de l'Académie. Depuis cette époque l'émigration hors d'Europe a pris un développement plus considérable. Les concurrents auront à étudier, en s'attachant principalement à la période contemporaine de la seconde moitié du XIXe siècle, l'émigration d'une localité d'un pays dans une autre localité du même pays, d'un État européen dans un autre État européen, d'une partie du monde dans une autre partie du monde ; à rechercher les causes économiques et politiques de l'émigration, les causes de l'immigration et les résultats qu'a eus et que peut avoir ce mouvement de migration pour les pays d'origine et pour les pays de destination.

Le prix est de la valeur de *deux mille cinq cents francs.*

Les mémoires devront être déposés au secrétariat de l'Institut le 31 *décembre* 1892.

SECTION D'HISTOIRE GÉNÉRALE ET PHILOSOPHIQUE.

L'Académie rappelle qu'elle a proposé pour l'année 1890 la question suivante :

Étudier l'histoire et la constitution de la propriété foncière chez les Grecs, en s'arrêtant à la conquête romaine.

Le prix est de la valeur de *deux mille cinq cents francs.*

Les mémoires devront être déposés au secrétariat de l'Institut le 31 *décembre* 1889.

PRIX VICTOR COUSIN.

SECTION DE PHILOSOPHIE.

L'Académie rappelle qu'elle a proposé pour l'année 1890 le sujet de concours suivant :

La Philosophie de la nature chez les Anciens.

PROGRAMME.

1° Essayer de définir, par des faits empruntés aux écrivains les plus célèbres, philosophes, moralistes, poètes ou historiens, l'idée que les Anciens se faisaient de la nature;

2° Exposer, dans les successions chronologiques, les théories auxquelles cette idée a donné lieu et qui représente ce qu'on peut appeler la philosophie de la nature;

3° Faire la critique de ces théories; montrer ce qu'elles contiennent de vérité et d'erreur, et ce qui en subsiste dans la philosophie et dans la science modernes.

Le prix est de la valeur de *trois mille francs.*

Les mémoires devront être déposés au secrétariat de l'Institut le 31 *décembre* 1889.

PRIX GEGNER.

SECTION DE PHILOSOPHIE.

Ce prix, d'une valeur de *quatre mille francs,* « *destiné à soutenir un écrivain philosophe qui se sera signalé par des travaux qui peuvent contribuer au progrès de la science philosophique* », sera décerné en 1889.

PRIX CROUZET.

SECTION DE PHILOSOPHIE.

L'Académie propose pour l'année 1891 le sujet suivant :

Quel est l'état actuel des questions qui se rattachent à la théodicée?

Coup d'œil rétrospectif sur les systèmes philosophiques et les théories scientifiques qui ont précédé cet état?

Quelles sont les conclusions qui sortent de cette comparaison entre le présent et le passé?

Le prix est de la valeur de *quatre mille francs.*

Les mémoires devront être déposés au secrétariat de l'Institut le 31 *décembre* 1890.

PRIX STASSART.

SECTION DE MORALE.

L'Académie rappelle qu'elle a proposé pour l'année 1890 la question suivante :

Étude critique sur le rôle du sentiment ou de l'instinct moral dans les théories contemporaines. — L'Altruisme, d'Auguste Comte, de Stuart Mill, d'Herbert Spencer, et la Pitié, de

Schopenhauer. — En quoi diffèrent ces théories de celles que le XVIIIe siècle a produites; le sens ou sentiment moral d'Hutcheson, de Jean-Jacques Rousseau, d'Adam Smith et de Jacobi. — Déterminer la part du sentiment moral dans la théorie et dans la pratique de la conduite humaine. — En montrer l'importance, en signaler les périls et les excès possibles dans l'œuvre de l'éducation et dans le gouvernement de la vie.

Le prix est d'une valeur de *trois mille francs.*

Les mémoires devront être déposés au secrétariat de l'Institut le 31 *décembre* 1889.

PRIX ODILON BARROT.

SECTION DE LÉGISLATION, DROIT PUBLIC ET JURISPRUDENCE.

L'Académie rappelle qu'elle a prorogé à l'année 1889 le sujet suivant qu'elle avait d'abord proposé pour l'année 1886.

Histoire de l'enseignement du droit, en France, avant 1789.

L'Académie ne demande aux concurrents que l'histoire de l'enseignement du droit, en France, avant 1789; ils n'ont donc pas à s'occuper de l'antiquité ni des nations étrangères.

L'histoire de l'enseignement d'une science est, à beaucoup d'égards, l'histoire de la science elle-même, et se rattache par des liens étroits à celle de tout le mouvement intellectuel d'un pays, surtout quand il s'agit d'une science qui, comme celle du droit, touche à la politique et aux plus grands intérêts de la nation. C'est tout un chapitre de notre histoire, et un des plus neufs, car si le sujet a été abordé par les détails, il n'a jamais été traité d'ensemble. Tandis qu'à l'étranger d'importants ouvrages ont été publiés sur les anciennes écoles de l'Italie et de l'Allemagne, l'école française, si brillante pourtant et si originale, n'a pas encore trouvé d'historien. En proposant ce sujet, l'Académie fait appel non seulement au labeur, mais encore au patriotisme des travailleurs.

Le prix est de la valeur de *six mille francs.*

Les mémoires devront être déposés au secrétariat de l'Institut le 31 *décembre* 1888.

L'Académie a prorogé à l'année 1891 le sujet suivant qu'elle avait proposé pour l'année 1888 :

Histoire du droit public et privé dans la Lorraine et les trois évêchés, depuis le traité de Verdun, en 843, jusqu'en 1789.

Le prix est de la valeur de *six mille francs.*

Les mémoires devront être déposés au secrétariat de l'Institut le 31 *décembre* 1890.

L'Académie rappelle qu'elle a proposé pour l'année 1890 la question suivante :

Du rôle des ministres dans les principaux pays de l'Europe et de l'Amérique.

Le prix est de la valeur de *cinq mille francs.*

Les mémoires devront être déposés au secrétariat de l'Institut le 31 *décembre* 1889.

PRIX KŒNIGSWARTER.

SECTION DE LÉGISLATION, DROIT PUBLIC ET JURISPRUDENCE.

Le prix d'une valeur de *quinze cents francs* est destiné à récompenser le *meilleur ouvrage sur l'histoire du Droit,* publié dans les cinq années qui auront précédé la clôture du concours.

Ce prix sera décerné dans l'année 1889.

Les ouvrages devront être déposés au secrétariat de l'Institut le 31 *décembre* 1888.

PRIX LÉON FAUCHER.

SECTION D'ÉCONOMIE POLITIQUE, STATISTIQUE ET FINANCES.

L'Académie rappelle qu'elle a proposé pour l'année 1891 le sujet suivant :

Vauban économiste.

Le prix est de la valeur de *trois mille francs.*

Les mémoires devront être déposés au secrétariat de l'Institut le 31 *décembre* 1890.

PRIX DU COMTE ROSSI.

SECTION D'ÉCONOMIE POLITIQUE, STATISTIQUE ET FINANCES.

L'Académie a prorogé à l'année 1890 le sujet suivant qu'elle avait proposé pour l'année 1888 :

Des résultats de la protection industrielle.

« Déterminer par le raisonnement et par des chiffres, aussi exactement que possible, ce que coûtent et ce que rapportent annuellement en France aux contribuables et aux consommateurs d'une part, aux producteurs de l'autre, les industries protégées par des droits de douanes ou par des primes. »

Le prix est de la valeur de *quatre mille francs.*

Les mémoires devront être déposés au secrétariat de l'Institut le 31 *décembre* 1889.

L'Académie rappelle qu'elle a proposé pour l'année 1889 la question suivante :

Des banques de circulation.

PROGRAMME.

Des trois régimes auxquels peuvent être soumises les émissions de billets de banque : Liberté, réglementation, monopole. — Quelles sont les conditions économiques qui limitent les émissions de billets? — Les banques peuvent-elles, hors le cas de cours forcé, abuser de l'émission des billets? — Discuter les avantages et les inconvénients de chacun des trois régimes et des principales dispositions du régime réglementaire, notamment en ce qui touche au crédit agricole, en s'appuyant sur des faits constatés par l'histoire des banques en divers pays.

Le prix est de la valeur de *quatre mille francs*.

Les mémoires devront être déposés au secrétariat de l'Institut le 31 *décembre* 1888.

L'Académie rappelle qu'elle a proposé pour l'année 1890 la question suivante :

Histoire économique de la valeur et du revenu de la terre au XVIIe et au XVIIIe siècle, en France.

PROGRAMME.

Les concurrents feront connaître la valeur et le revenu du sol et de chaque nature de sol dans diverses régions de la France et dans la suite des temps; ils compareront cette valeur au salaire des cultivateurs et à la situation matérielle des paysans et accessoirement le salaire des cultivateurs à celui des autres ouvriers et au prix des denrées et autres produits agricoles.

Le prix est de la valeur de *quatre mille francs*.

Les mémoires devront être déposés au secrétariat de l'Institut le 31 *décembre* 1889.

L'Académie propose pour l'année 1891 la question suivante :

La population.

Les causes de ses progrès et les obstacles qui en arrêtent l'essor.

PROGRAMME.

Les candidats n'auront pas à donner un long développement à la partie statistique.

Ce qu'il importe de rechercher, et d'étudier dans l'histoire des pays anciens et surtout modernes, ce sont les influences économiques, sociales et législatives, qui paraissent de nature à accélérer ou à ralentir l'accroissement de la population.

Les candidats auront à indiquer les principales opinions émises sur ce sujet, dans un sens ou dans l'autre; ils auront aussi et surtout à apprécier les mesures prises depuis l'antiquité en vue d'encourager la population, en signalant autant que possible l'impuissance de ces mesures ou les effets bons ou mauvais qu'elles ont produits.

Le prix est de la valeur de *cinq mille francs.*

Les mémoires devront être déposés au secrétariat de l'Institut le 31 *décembre* 1890.

PRIX AUCOC ET PICOT.

SECTION D'HISTOIRE GÉNÉRALE ET PHILOSOPHIQUE.

L'Académie propose pour l'année 1892 le sujet suivant :

L'Administration royale sous François Ier.

PROGRAMME.

« L'Académie n'attend pas des concurrents une histoire du règne. Elle exclut le récit des guerres et des négociations. Elle entend provoquer les recherches principalement sur l'administration de la justice, sur les affaires ecclésiastiques, enfin sur l'organisation financière et militaire et sur les rapports de la royauté avec les parlements et les trois ordres de l'État. »

Le prix est de la valeur de *deux mille francs.*

Les mémoires devront être déposés au secrétariat de l'Institut le 31 *décembre* 1891.

PRIX COMMUNS A PLUSIEURS SECTIONS.

PRIX WOLOWSKI.

SECTIONS D'ÉCONOMIE POLITIQUE ET DE LÉGISLATION RÉUNIES.

L'Académie a décidé que ce prix serait décerné, sur la proposition des sections d'économie politique et de législation réunies, *à l'ouvrage imprimé ou manuscrit, soit de législation, soit d'économie politique, que les deux sections auront jugé le plus digne de l'obtenir.*

L'Académie décernera, en 1891, le prix Wolowski au meilleur ouvrage d'économie politique, finances ou statistique qui aura été publié dans une période de six années antérieures au 31 décembre 1890.

Ce prix est de la valeur de *trois mille francs.*

Les ouvrages devront être déposés au secrétariat de l'Institut le 31 *décembre* 1890.

PRIX AUCOC ET PICOT.

SECTIONS DE LÉGISLATION ET D'HISTOIRE RÉUNIES.

L'Académie propose pour l'année 1893 le sujet de concours suivant :

Le Parlement de Paris depuis l'avènement de saint Louis jusqu'à l'avènement de Louis XII.

PROGRAMME.

Après avoir résumé rapidement les origines, les concurrents devront s'attacher aux premiers arrêts (*Olim*) et suivre depuis le milieu du XIIIe siècle jusqu'à la fin du XVe

l'action du Parlement de Paris sur le développement et la constitution du droit français.

Sans négliger l'influence politique du Parlement, ils étudieront surtout, à l'aide des monuments inédits, les tendances de jurisprudence, l'action exercée par les arrêts sur les personnes, sur les biens et sur les mœurs, ce que les magistrats ont emprunté au droit romain ou au droit coutumier, en quoi ils ont préparé les grandes ordonnances du XIVe et du XVe siècle, comment ils les ont interprétées, quelle part ils ont prise à l'administration et à la police du royaume, dans quelle mesure enfin ils ont servi par ce travail persévérant le pouvoir royal et l'unité française.

Le prix est de *six mille francs*.

Les mémoires devront être déposés au secrétariat de l'Institut le 31 décembre 1892.

CONCOURS SOUMIS A L'EXAMEN DE COMMISSIONS MIXTES.

PRIX BIENNAL.

COMMISSION MIXTE.

En 1889, l'Académie des Sciences morales et politiques désignera à l'Institut le candidat au prix biennal.

La valeur de ce prix est de *vingt mille francs*.

PRIX JEAN REYNAUD.

« Ce prix sera accordé au travail le plus méritant, rele-
« vant de chaque classe de l'Institut, qui se sera produit
« pendant une période de cinq ans.

« Il ira toujours à une œuvre originale, élevée et ayant
« un caractère d'invention et de nouveauté.

« Les membres de l'Institut ne seront pas écartés du
« concours.

« Le prix sera toujours décerné intégralement.

« Dans le cas où aucun ouvrage ne paraîtrait le mériter
« entièrement, sa valeur serait délivrée à quelque grande
« infortune scientifique, littéraire ou artistique.

« Il portera le nom de son fondateur JEAN REYNAUD. »

Ce prix, d'une valeur annuelle de *dix mille francs*, sera
décerné par l'Académie des sciences morales et politiques
en 1893.

PRIX FÉLIX DE BEAUJOUR.

L'Académie rappelle qu'elle a proposé pour l'année
1890 la question suivante :

De l'Assistance par le travail.

PROGRAMME.

« Les concurrents devront étudier les différents systèmes, examiner leurs conséquences directes et indi-
rectes, distinguer les utopies et les procédés pratiques et
présenter le tableau des efforts accomplis et des moyens
mis en œuvre pour prévenir la misère par le travail. »

Le prix est de la valeur de *six mille francs.*

Les mémoires devront être déposés au secrétariat de
l'Institut le 31 *décembre* 1889.

PRIX BIGOT DE MOROGUES.

COMMISSION MIXTE.

Ce prix est à décerner, *tous les cinq ans*, alternativement,
par l'Académie des sciences morales et politiques, au
*meilleur ouvrage sur l'état du paupérisme en France et le
moyen d'y remédier*, publié dans les cinq années qui auront
précédé la clôture du concours, et, par l'Académie des
sciences, à l'*ouvrage qui aura fait faire le plus de progrès à
l'agriculture en France.*

Le prix d'une valeur de *quatre mille francs* sera décerné
par l'Académie des Sciences morales et politiques en 1893.

Les ouvrages devront être déposés au secrétariat de
l'Institut le 31 *décembre* 1892.

PRIX HALPHEN.

Ce prix est à décerner tous les trois ans, savoir : par l'Académie française, *à l'ouvrage qu'elle jugera à la fois le plus remarquable au point de vue littéraire ou historique, et le plus digne au point de vue moral*; et par l'Académie des sciences morales et politiques, *soit à l'auteur de l'ouvrage littéraire qui aura le plus contribué au progrès de l'instruction primaire, soit à la personne qui, d'une manière pratique, par ses efforts ou son enseignement personnel, aura le plus contribué à la propagation de l'instruction primaire.*

Le prix de la valeur de *quinze cents francs* sera décerné par l'Académie des Sciences morales et politiques en 1891.

Les ouvrages devront être déposés au secrétariat de l'Institut le 31 *décembre* 1890.

PRIX ERNEST THOREL.

Ce prix, d'un revenu annuel de *mille francs*, sera décerné à l'auteur du *meilleur ouvrage, soit imprimé, soit manuscrit, destiné à l'éducation du peuple; non un livre pédagogique, mais une brochure de quelques pages ou un livre de lecture courante.*

En outre, *dans le cas où l'Académie le jugerait à propos,*

ledit prix pourra être décerné seulement *tous les deux ou trois ans*.

Ce prix, d'une *valeur de deux mille francs,* sera décerné en 1890.

Les ouvrages devront être déposés au secrétariat de l'Institut le 31 *décembre* 1889.

PRIX JOSEPH AUDIFFRED.

COMMISSION MIXTE.

Ce prix, d'une valeur de *cinq mille francs,* est fondé en faveur de l'ouvrage imprimé le plus propre « *à faire aimer la morale et la vertu, et à faire repousser l'égoïsme et l'envie, ou à faire connaître et aimer la patrie* ».

Le prix sera décerné en 1889.

Les ouvrages devront être déposés au secrétariat de l'Institut le 31 *décembre* 1888.

Les ouvrages adressés à l'Académie devront avoir été publiés dans les trois années qui auront précédé la clôture du concours.

PRIX JULES AUDÉOUD.

COMMISSION MIXTE.

Ce prix est fondé par Mlle Honorine Fournier, pour honorer la mémoire de son cousin germain M. Jules Audéoud. Il est destiné *à encourager les études, les travaux et les services relatifs à l'amélioration du sort des classes ouvrières et au soulagement des pauvres, soit par des lois ou des actes administratifs, soit par l'initiative privée et le progrès de toutes les sciences.*

Il doit être décerné tous les quatre ans.

Il est d'une valeur de *douze mille francs.*

D'après la volonté de la donatrice, il sera décerné pour la première fois en 1889. Le prix, en 1889, sera de *neuf mille francs.*

Les ouvrages parus depuis le 1er janvier 1880 seront admis à concourir.

Les auteurs de toutes nationalités seront admis à concourir; mais tous les mémoires et ouvrages devront être rédigés en langue française.

Les ouvrages devront être déposés au secrétariat de l'Institut le 31 *décembre* 1888.

PRIX LE DISSEZ DE PENANRUN.

COMMISSION MIXTE.

Ce prix, fondé par M. Edmond-Pierre de Barrère, et d'une valeur annuelle de *deux mille francs*, est destiné à récompenser ou encourager un auteur dont les travaux rentrent dans le cadre des attributions de l'Académie.

Les ouvrages devront être déposés au secrétariat de l'Institut le 31 *décembre* 1888.

CONDITIONS COMMUNES A TOUS LES CONCOURS

L'Académie n'admet à ses concours que des *mémoires écrits en français* ou *en latin*, et adressés, *francs de port*, au secrétariat de l'Institut.

Les manuscrits *qui doivent toujours être entièrement inédits* devront être BROCHÉS et porter chacun une épigraphe ou devise *qui sera répétée sur un pli cacheté* joint à l'ouvrage et contenant le nom de l'auteur, QUI NE DEVRA PAS SE FAIRE CONNAÎTRE, SOUS PEINE D'ÊTRE EXCLU DU CONCOURS.

Les concurrents sont prévenus, en outre, que l'Académie *ne rendra aucun des mémoires qui lui auront été envoyés;* mais les auteurs auront la faculté d'*en faire prendre des copies* au secrétariat de l'Institut.

L'Académie, afin d'éviter les inconvénients attachés à des publications inexactement faites des mémoires qu'elle a couronnés, invite les auteurs de ces mémoires *à indiquer formellement, dans une préface, les changements ou les additions qu'ils y auront introduits.*

Pour les ouvrages imprimés, les concurrents doivent remettre CINQ EXEMPLAIRES au secrétariat de l'Institut.

TABLE DES PRIX PROPOSÉS.

NOTICE HISTORIQUE

SUR LA VIE ET LES TRAVAUX

DE

M. HENRI MARTIN

PAR

M. JULES SIMON

SECRÉTAIRE PERPÉTUEL

DE L'ACADÉMIE DES SCIENCES MORALES ET POLITIQUES

Lue dans la séance publique annuelle de l'Académie des sciences morales
et politiques du samedi 1ᵉʳ décembre 1888.

MESSIEURS,

Henri Martin est né à Saint-Quentin, le 20 février 1810.
Saint-Quentin n'est qu'une vaste fabrique; c'est une ville
triste et affairée, dont la sévérité est un peu adoucie par
un bel hôtel de ville et par le musée Latour, tout plein
d'élégantes merveilles. Le père de Henri Martin y exerçait
les fonctions de juge d'instruction. C'était un homme d'une
piété étroite, qui imposait à ses domestiques, et à plus
forte raison à ses enfants, la pratique de tous les devoirs
religieux. La mère de Henri Martin, plus tendre et plus

indulgente, poussait la dévotion jusqu'au mysticisme. Elle était de cette famille des Desains à laquelle l'Université doit deux savants célèbres qui étaient, vous vous en souvenez, des catholiques fervents. Il avait une sœur, qui est restée fidèle aux doctrines et aux pratiques de la maison paternelle. Le seul habitué de la maison était « l'oncle Desains », un notaire retiré, qui, ayant beaucoup de lecture et beaucoup de livres, passait pour le voltairien de la famille : un voltairien bien modéré sans doute, puisqu'il se plaisait au milieu de ces dévotes personnes, et qu'il y était aimé. Il était fier des succès de son neveu, et dans son enthousiasme pour ses jeunes talents, il avait résolu d'en faire un notaire.

Cette maison de la rue, ou plutôt de la ruelle des Canonniers, était bien la plus triste du monde. Henri y serait mort d'ennui sans les livres de son oncle. Cette bibliothèque du vieux notaire était riche en livres d'histoire et en écrits philosophiques du XVIIIe siècle. Le jeune homme y puisait une science précoce et des doutes qu'il ne pouvait ni apaiser ni cacher. Comme il n'y avait pas, à Saint-Quentin, de petit séminaire, il 'avait bien fallu le mettre au collège : un collège de la Restauration, c'était fort rassurant, en ce qui concernait les maîtres ; mais les élèves n'étaient ni triés, ni surveillés comme dans une maison religieuse. Les plus grands avaient lu Voltaire ou s'imaginaient qu'ils l'avaient lu. Henri Martin y trouva Félix Davin, qui avait trois ou quatre ans de plus que lui, et qui devint son ami intime. C'était ce que l'on appelait alors un libéral, ce qui voulait dire qu'il regrettait l'Empereur, et qu'il n'aimait pas les Jésuites. Les deux amis faisaient, chaque soir, en sortant du collège, de longues promenades, où Martin se dédommageait des sermons de son professeur et des homélies de son père. Ils étaient de tout cœur avec les brigands de la Loire, qu'on anathématisait rue des Canonniers. Ils rêvaient une revanche contre les Cosaques, et surtout une revanche contre les Jésuites. A leurs projets pour l'avenir de la France, ils mêlaient naturellement des projets pour leur propre avenir. Davin n'avait à lutter que contre les difficultés ordinaires de la vie ; mais Martin trouvait devant lui, pour premier obstacle, l'autorité et la tendresse de sa famille. Il voulait être poète ; on s'obstinait à le vouloir notaire. Il était libéral ; mais le vieux juge et même le vieux notaire, tout voltairien qu'il croyait être, avaient les libéraux et les esprits forts en horreur. Davin et Martin, pour ne pas perdre de temps, avaient commencé un roman dont ils discutaient fiévreusement les péripéties. Ils arrivaient à leur rendez-vous ayant chacun en poche un nouveau chapitre, toujours accueilli par une franche et cordiale admiration. Cette admiration ne serait-elle jamais partagée par le grand public ? Faudrait-il passer sa vie parmi des congréganistes et des royalistes ? Et enfin, ajoutait le pauvre Martin, faudrait-il se résigner à être notaire ? N'espérant pas en venir à leurs fins par la persuasion, ils eurent recours à un coup d'État. Ils partirent clandestinement de Saint-Quentin, et se trouvèrent, un beau matin, sur le pavé de Paris, avec leur roman et leurs illusions. Henri Martin, qui commençait la vie par un énorme coup de tête, n'avait jamais osé parler de ses projets « et de ses travaux » à son père. C'était une volonté ferme et un cœur timide.

Rappelez-vous notre ami, tel que nous l'avons connu, avec cette gaucherie qui n'était pas sans charme, et ces hésitations du commencement, quand il avait un parti à prendre, ou même une discussion à entamer. Il commençait toujours par une bataille contre lui-même ; il la gagnait toujours ; et une fois parti, il allait jusqu'au bout avec résolution et fermeté. Il s'était jeté dans tous les inextricables embarras d'un jeune homme pauvre, qui veut réussir par sa plume, à vivre d'abord, et à s'illustrer ensuite. Il n'y a pas d'enfer comparable à celui-là, et son caractère, son ignorance du monde, sa gaucherie native le rendaient plus abominable pour lui que pour tout autre. Mais ayant choisi cet état, il se contraignit à en remplir toutes les obligations, à visiter les hommes célèbres et les éditeurs, à souffrir les rebuffades sans bassesse, à subir les dédains sans découragement, à revenir à la charge après plusieurs défaites, et à travailler sans relâche au milieu de tous ces ennuis. Nous qui voyons à présent les productions de ces premières années, nous savons qu'il travaillait beaucoup, et avec une rapidité merveilleuse, sans s'élever alors au-dessus d'une honnête médiocrité. Il n'y avait rien dans ces romans, dans ces scènes historiques, dans ces pièces de théâtre, dans ces poésies, qui pût attirer sur lui l'attention d'un juge éclairé. Davin ne valait pas mieux ; il était même d'un degré au-dessous. Ils parvinrent cependant à vivre. Pour ceux qui connaissent les difficultés du métier et les conditions dans lesquelles ils l'abordaient, c'est presque un miracle.

Il faut dire toutefois que la rupture de Henri Martin et de sa famille n'était pas complète. Son père lui faisait une

pension de cent francs par mois. Il y mettait une condition; une dure condition. Le poète s'était résigné à être
clerc de notaire. Le poète! Était-ce un poète? Non pas, à
en juger par les vers qu'il faisait alors, et par ceux qu'il fit
quarante ans plus tard. Résigné? Il l'était si peu que son
patron finit par le mettre à la porte.

Brouillé avec sa famille et avec le notariat, il ne tenait
plus à la vie que par le fameux roman écrit en collaboration avec Davin. Ils avaient trouvé un éditeur! Ils durent
ce succès, le plus difficile de tous, à M. Paul Lacroix (le
bibliophile Jacob), avec qui Henri Martin avait lié une
étroite amitié. Ils avaient les mêmes idées et les mêmes
goûts. Quoique très jeune, Paul Lacroix s'était déjà fait
une réputation, bien éloignée de celle qu'il a conquise plus-
tard par tant de beaux ouvrages. Ce n'était encore qu'une
de ces réputations de librairie qui donnent de l'autorité
dans les arrière-boutiques. Henri Martin était tout entier
à ses espérances et à la correction des épreuves, quand
son père, alarmé de l'état de Paris, le rappela près de lui
avec de telles instances qu'il lui fut impossible de résister.
Il se rendit à Saint-Quentin; et ce voyage, qui devait
terminer la brouille, l'approfondit. La révolution de Juillet
éclata, objet d'horreur pour le père, et pour le fils, d'une
admiration sans bornes. Il fallut se séparer au bout de
quelques semaines avec un double dissentiment, religieux
et politique. Pour cette fois, Henri Martin ne pouvait plus
compter que sur lui-même, et sur *Wolfthurm*.

Wolfthurm (c'est le roman) parut l'année même de la
révolution, lesté d'assez nombreuses poésies, précieux
souvenir du collège de Saint-Quentin. Les deux auteurs

n'avaient pas livré leurs noms au public pour cette première aventure. Davin ne prit que son petit nom de Félix ;
Henri se dissimula sous l'anagramme de Irner. Le voisi-
nage de la révolution nuisit au succès, qui ne fut ni éclatant ni productif. Mais les deux jeunes auteurs n'avaient pas
le temps de se laisser aller au découragement. Il y avait
alors une foule de petits journaux. Paul Lacroix, qui n'avait
pas encore trouvé sa voie, écrivait de tous les côtés. Grâce
à lui, Henri Martin devint un journaliste universel. Il remplit de sa prose l'*Artiste*, le *Mercure du XIXe siècle*, le *Gas-
tronome*, la *Silhouette*, le *Voleur*, le *Musée des Familles*. Ses
deux grandes qualités étaient évidemment la fécondité et
la variété. Il était prêt à toutes les besognes ; dans aucune
il ne marquait sa place au premier rang. Il fut l'un des
rédacteurs assidus d'un journal fondé par Émile de Girar-
din, dirigé par Paul Lacroix, qui parut pour la première
fois le 15 octobre 1817, et disparut le 21 décembre de la
même année. Cela s'appelait le *Garde national, moniteur con-
stitutionnel des* 44000 *communes de France*. Il publia des
contes et des nouvelles dans l'*Album de la Mode*, dans le
Livre des Cent et un, et dans les *Cent et une Nouvelles*. Il
essaya même de suivre la route ouverte par Barthélemy et
Méry, et publia, en décembre 1832, le *XIXe Siècle*, satire
hebdomadaire en vers, qui n'eut que deux numéros. Il est
assez étrange qu'il ait toujours eu une sorte de déman-
geaison de faire des vers. Enfin, il résolut d'aborder le
théâtre. Son premier essai en ce genre, écrit avec la collaboration de Gilbert de Pixérécourt, est l'*Abbaye-au-Bois ou
la Femme de chambre, histoire contemporaine*, tirée d'un roman de Paul Lacroix intitulé : *le Divorce*.

La pièce fut jouée au théâtre de la Gaîté le 14 février 1832. Les auteurs croyaient leur fortune assurée. Henri Martin, qui était amoureux, comptait, pour entrer en ménage, sur les bénéfices. Ils s'élevèrent, pour les deux premières représentations, à 160 francs; il n'y en eut pas une troisième. Le mariage eut lieu cependant. Henri Martin, déjà astreint comme journaliste à un travail accablant, se fit de nouveau romancier. Il publia, en deux ans, la *Vieille Fronde*, scènes historiques, et deux romans, *Minuit et Midi* et le *Librettiste*.

Sans être encore, il s'en faut bien, des ouvrages de premier ordre, ces trois livres ont une bien autre valeur que *Wolfthurm*. Henri Martin n'a que vingt-deux ans. Il a toujours eu de la facilité; mais il a acquis, maintenant, de l'aisance et de la souplesse, qualités qui lui faisaient défaut au commencement. Il a, en histoire, des connaissances assez étendues. M. Hanotaux, qui a écrit sur Henri Martin une notice historique des plus remarquables, dit, en parlant de *Minuit et Midi*, qui a été réédité, en 1855, dans la Bibliothèque des chemins de fer sous le titre de *Tancrède de Rohan*: « Je ne pense pas m'exagérer la valeur de ce livre en le plaçant, sinon près du *Cinq-Mars* de Vigny, du moins à côté de quelques romans d'Alexandre Dumas. Il est certainement, par le véritable sens de l'histoire, supérieur à la *Chronique de Charles IX* de Mérimée, et par l'ensemble des qualités, aux romans de jeunesse de Balzac. » Voilà de bien grands noms, et un bien grand éloge, auquel je ne puis m'associer. Si Henri Martin était resté romancier, jamais il n'aurait mérité que son nom fût prononcé à côté de Mérimée ou d'Alfred de Vigny, encore moins d'Alexandre Dumas et de

Balzac. Il y a, dans *Tancrède de Rohan,* du mérite plutôt que du talent. C'est un ouvrage habilement fait ; ce n'est pas encore une promesse. On trouve toute autre chose dans le fatras des premiers romans de Balzac, et même dans ceux d'Horace de Saint-Albin. Je ne vois rien à louer dans Henri Martin, jusqu'à cette année 1833, où nous voici parvenus, que sa volonté obstinée et son travail implacable.

En 1833 tout change. Cette année-là est marquée par les trois grands événements de sa vie. Il se marie ; il se lie avec Jean Reynaud ; il commence son *Histoire de France.* Je mets sa liaison avec Jean Reynaud sur le même rang que le plus grand événement domestique et le plus grand événement littéraire. C'est que Jean Reynaud n'a pas été seulement son ami ; il a été son maître. Je ne dirai pas qu'il a changé ses idées ; il les a développées, complétées, condensées. Ce qui n'était qu'aspirations vagues et doctrines entrevues, est devenu conviction ferme, précise. Henri Martin était préparé à être disciple de Jean Reynaud ; mais il avait besoin de le rencontrer pour asseoir sa vie intellectuelle et morale.

Jean Reynaud a été saint-simonien, comme Hippolyte Carnot et Charton, ses amis. Il était même un des favoris d'Enfantin, qui connaissait la puissance de son esprit et ce que je puis appeler sa vertu de propagation. Il se sépara, comme Carnot et Charton, au moment où l'école devint une église. Je note en passant que Henri Martin n'a appartenu ni à l'église, ni même à l'école, quoi qu'on en ait dit. Il assistait, comme le public, à des conférences. Une de ses qualités, qualité essentielle à un historien, était la curiosité. Parmi tous ces hommes éloquents, savants, il discerna du premier

coup Jean Reynaud. Celui-là n'était pas bruyant, dédai-
gnant de l'être ; mais il avait cette éloquence virile qui naît
de l'élévation des pensées, et de la force des convictions.
Sa science était très étendue, très approfondie, et très
sûre. Il portait dans l'examen des questions sociales, et des
questions philosophiques et religieuses, une indépendance
absolue. Il connaissait toutes les solutions, les jugeait toutes, et n'acceptait que celle qui lui paraissait la plus solide,
sans se préoccuper de la solitude ou de l'encombrement.
Quoique très capable d'être révolutionnaire quand il le
fallait, il croyait en général à la solidarité humaine et au
progrès continu. Trois idées dominaient toutes ses idées :
Dieu, l'immortalité, le progrès. Selon lui, les âmes, après
la mort (il faudrait peut-être dire après chaque mort),
voyageaient à travers les astres, car le progrès ne régnait
pas seulement sur la société terrestre ; il se continuait par
delà, jusqu'à l'absorption définitive et délicieuse au sein
de Dieu, qui était le terme de nos métamorphoses. Ce
voyage des âmes à la conquête de l'infini n'était pas pour
lui une hypothèse. Il les suivait dans leur route ; il en avait
la claire vision. Cet homme positif, ce mathématicien,
élève éminent de l'École polytechnique, et ingénieur de
son métier, était un mystique. Rien, suivant lui, ne pouvait fortifier un homme et un peuple autant que cette
double croyance en Dieu et à l'immortalité, à l'immortalité
successive avec une fin panthéiste. Il retrouvait avec orgueil cette croyance à l'origine de notre nationalité. Le
christianisme, né en Orient, et qui de Jérusalem s'était
répandu sur l'Europe, devait sa puissance et ses conquêtes
morales au double dogme de l'unité de Dieu et de l'immor-

talité de l'âme; mais ce dogme, qu'il avait donné aux Grecs et aux Romains, il ne l'avait pas importé dans les Gaules; il l'y avait trouvé, complètement formé en corps de doctrine par les Druides, dont la race franke a reçu et gardé les traditions. Telles sont bien sommairement les idées que Jean Reynaud a développées longtemps après dans un livre d'une haute portée et d'un grand style, intitulé *Terre et Ciel*, qui éblouit les sceptiques et passionna les croyants. On trouvait déjà, à l'époque où Henri Martin devint son auditeur et très rapidement son ami, tous les éléments de cette philosophie dans les conférences de Jean Reynaud et dans ses articles de l'*Encyclopédie moderne*. Cet homme, accoutumé aux grands horizons, a fait ou essayé trois choses dans sa vie : premièrement, un résumé de la science universelle, sous le nom d'*Encyclopédie moderne*, vaste recueil un peu lourd, un peu indigeste, dont l'exécution ne répondit qu'imparfaitement à sa pensée, et dans la direction duquel il eut pour coopérateur un esprit infiniment moins ferme que le sien, mais plus remuant et plus subtil, l'ennemi à la fois, et le type de l'éclectisme, Pierre Leroux. Secondement, une synthèse philosophique, sous le nom de *Terre et Ciel*, où il prétendait réconcilier la raison et la foi, mais où il réduisait le Christ au rôle de précurseur : œuvre hardie, inspirée, chimérique, et qui a produit plus d'étonnement que d'ébranlements. Enfin, ce penseur a voulu mettre la main à l'œuvre; il l'a pu, en 1848, grâce à Carnot, qui le prit avec lui comme une sorte de co-ministre, en lui laissant la liberté de façonner l'instruction à sa guise. Il rêvait un État composé de trois ordres, comme l'ancien régime, où les philosophes remplaceraient le clergé,

où les grands industriels remplaceraient la noblesse, et
une sorte de confédération européenne, où la guerre serait
supprimée par l'arbitrage. Il n'eut que le temps de pro-
poser l'instruction obligatoire et de fonder l'École d'administration.

Il ne faut juger Jean Reynaud ni par son livre, ni par
ses nombreux et importants articles, ni par ses actes au
ministère, ni par son rôle, un peu effacé, à la Constituante
et au Conseil d'État. Il se trouva que cet homme, éloquent
entre tous, n'était pas maître de la tribune. Il était fait
pour promulguer, non pour disputer. Ce n'était pas un
apôtre ; c'était un prophète. Il faut, pour l'apprécier à
sa valeur, avoir entendu ses prédications ou joui de sa
conversation. C'était un de ces hommes qui ont, par un
don de nature, de l'ascendant. Dès qu'il intervenait dans
un débat, on sentait le maître. Sa force était surtout dans
la volonté, et elle était plus grande que son œuvre. Il
est mort jeune ; le temps lui a fait défaut. Ses amis seuls
l'ont connu ; le monde n'a fait que le soupçonner.

Les trois idées capitales de Jean Reynaud : unité de
Dieu, immortalité de l'âme, influence des Druides sur la
formation du génie national, devinrent les trois termes
du Credo de Henri Martin. Il y conforma sa vie et ses
écrits. C'est sous l'influence de cette doctrine qu'il com-
posa son Histoire. J'ai dit qu'il commença à l'écrire en
1833. Sa vie, par conséquent, commence à cette date.
Ses vers, ses romans, ses pièces de théâtre, ses articles
de journaux, et même sa vie politique malgré son importance depuis 1870, ne sont rien. Son livre est tout. J'aurais pu ne vous parler que de lui.

Il y a pourtant deux ou trois points à retenir de ses premières années : l'invasion de 1815, le goût de l'histoire, la volonté obstinée, et, tout au dernier moment, la doctrine depuis longtemps aperçue, mais formulée, condensée, gravée par Jean Reynaud, en traits profonds et ineffaçables. J'y insiste un moment, avant de passer à sa carrière d'historien qu'ils annoncent et qu'ils préparent.

L'invasion ! Il n'avait que cinq ans. Il ne l'a peut-être pas comprise pendant qu'il la voyait, et de cela même je ne suis pas sûr. Mais tout le monde autour de lui la lui a rappelée, racontée ; il a vu par le souvenir ce qu'il n'avait pas vu par l'intuition immédiate. Les faits mal compris se sont éclaircis et coordonnés. Il aurait reconnu à vingt ans le son de ces trompettes qui n'avaient été pour ses oreilles d'enfant qu'un bruit effroyable. Un Cosaque de 1815, lui apparaissant tout à coup en 1830, il l'aurait reconnu. La route parcourue par les Alliés à travers la ville, il l'a suivie bien des fois avec ses camarades d'enfance et ses amis de jeunesse. Il a revu, à l'Hôtel de Ville, le bureau où se tenait le commandant ennemi ! Il sait les maisons où des actes de cruauté ont été commis. Il peut nommer par leurs noms ceux qui ont éprouvé les plus grands sévices. Il peut raconter *de visu* des scènes auxquelles il n'a pas assisté. Les sentiments que les pères et les frères aînés éprouvaient, il a découvert, après coup, qu'il les avait éprouvés lui-même sans en avoir eu conscience. Il en a connu toute l'amertume, éprouvé toute la violence. Il a rougi et frémi, après dix ans, après vingt ans, de cette humiliation. Ah ! ces souvenirs ne s'oublient pas. Malheur à ceux qui les créent !

Saint-Quentin est une ville patriotique et, quoique essentiellement industrielle, une ville militaire. Elle a, dans ses légendes, deux sièges héroïques, l'un ancien, dont Coligny est le héros, l'autre contemporain. La population y est, en général, libérale et frondeuse. Elle a de vieilles familles bourgeoises, qui ont à la fois le culte de la grande patrie et celui du clocher. Ce bel Hôtel de Ville, qu'on a un peu déshonoré par un clocher ridicule, rappelle aux habitants l'histoire de Saint-Quentin en même temps que l'histoire de France; elles leur sont chères l'une et l'autre. Ce sont des Picards, avisés, décidés, obstinés. Il y avait là, parmi les amis personnels de Henri Martin, des hommes à qui il n'a manqué, pour être placés aux premiers rangs dans la politique et dans les lettres, que de le vouloir. J'en citerai un, Théophile Dufour, parce qu'il était éminent et qu'on a publié un volume de ses lettres, où manquent celles qu'il m'a écrites, et qui étaient admirables. C'était le confident de toutes les pensées d'Edgar Quinet, le conseiller politique de Henri Martin, de Davin, de Souplet, de Malézieux, de tous mes amis. Davin, qui disparaît du monde littéraire après la publication de *Wolfthurm*, fonda le *Guetteur de Saint-Quentin*, un des journaux les mieux faits et les plus courageux de la province, devenu plus tard, sous la direction de Souplet, une véritable puissance. Le *Guetteur* a eu la collaboration assez fréquente du futur Napoléon III, alors prisonnier de Ham, et ami très intime de Souplet. Au temps de la première jeunesse, ce petit monde de Saint-Quentin était fort uni, par les idées libérales, et par les goûts littéraires. Théophile Dufour était le philosophe, Davin et Félix Dufour les hommes d'action, Henri Martin l'historien. Déjà, dès ses premières années, il se montrait lecteur infatigable. Transporté à Paris, et condamné, comme nous l'avons vu, à un travail incessant, c'est en lisant qu'il se reposait d'écrire. Le notaire chez qui on l'avait placé, le renvoya pour son inexactitude et ses fréquentes absences. Où croyez-vous qu'il allait? au théâtre? au plaisir? Non; aux bibliothèques. Le dossier restait là, sur une chaise, côte à côte avec le parapluie, tandis que le clerc se plongeait avec délices dans la lecture du Père Griffet. Ce fut cet amour de la lecture et cette prédilection pour l'histoire qui lui fournit des moyens de travail, et donna quelque valeur à ses romans, qui ne brillaient ni par l'invention, ni par le style. Jean Reynaud, qui distribuait les rôles, lui avait dit : « Vous serez notre historien.. » Sauf la fameuse découverte des Druides, ils pensaient moins alors à renouveler l'histoire qu'à la répandre. Ils étaient la démocratie. Appelant le peuple à la souveraineté, ils voulaient l'appeler aussi à la lumière. L'*Encyclopédie moderne* était surtout une œuvre de vulgarisation. Charton, Carnot, Jean Reynaud, mais surtout Charton, voulaient opérer la vulgarisation par l'image. Toute la carrière de Charton, une carrière d'ailleurs si noble et si bien remplie, est dans cette idée, qui a inspiré le *Magasin pittoresque* et le *Tour du Monde*. Henri Martin pensait qu'il fallait l'appliquer à l'histoire de France; il rêvait de mettre notre histoire en tableaux et en dessins, et d'en remplir les yeux pour en remplir les cœurs.

Ce fut dans cette année, mémorable pour lui, de 1833, que Paul Lacroix, le Bibliophile Jacob, sa providence ordinaire, qui lui avait donné accès dans tant de journaux

et de librairies, lui apporta la réalisation de sa pensée favo-
rite. Le libraire Mame, frappé de la transformation opérée
dans l'histoire de France par les travaux d'Augustin
Thierry, de Guizot, de Sismondi, et persuadé de l'utilité
et de l'opportunité d'une histoire populaire mise au courant des dernières découvertes, avait chargé Paul Lacroix
de découper, dans les principaux historiens, les récits les
plus émouvants et les plus instructifs, et d'en faire une
vaste compilation qui se vendrait à bon marché, et tiendrait
lieu de bibliothèque à ceux qui n'ont ni le moyen d'avoir
des livres, ni le temps de les lire. Le plan convenu entre
M. Mame et M. Lacroix comportait une cinquantaine de
volumes; et comme il s'agissait du peuple, qui ne peut
pas attendre, il fallait publier ces volumes coup sur coup;
M. Mame disait : par quinzaine.

Paul Lacroix sentit le besoin d'un collaborateur. Il connaissait l'activité de Henri Martin, sa facilité, son goût
déjà très vif pour l'histoire; il lui proposa de s'atteler avec
lui à cette nouvelle besogne. Henri Martin s'y dévoua avec
enthousiasme. Tout y était : l'histoire, la France, le peuple,
tous ses amours. Il vit aussi du premier coup qu'il allait
remettre les Druides à leur place, et nous donner une
France véritablement autochtone.

Le premier volume parut presque aussitôt. En voici le
titre exact : *Histoire de France depuis les temps les plus
reculés jusqu'en juillet 1830, par les principaux historiens*
(Paris, Mame, 1833, un vol. in-16, avec illustrations).

Les auteurs, qui pourtant n'étaient pas de simples com-
pilateurs, n'avaient pas mis leurs noms. Henri Martin avait
déjà conçu un plan, qu'il exposait dans la préface. Il y in-

diquait ses vues particulières sur la formation de l'esprit
national. Le livre proprement dit était surtout l'œuvre de
Paul Lacroix. Livre et préface portaient la marque de
l'ouvrier. Cependant la publication s'arrêta là. Ce qui attire
le grand public, dans l'histoire de France, ce n'est pas le
commencement, c'est la fin. L'illustration, sur laquelle on
comptait tant, était des plus médiocres. Le texte, malgré
certaines qualités sérieuses, manquait d'attrait. Les auteurs, ou disons plutôt puisqu'il s'agit ici de Henri Martin,
l'auteur de la préface, en se mettant à la tâche, en avait
senti la difficulté et la beauté. Il avait compris qu'il y fallait autre chose qu'un travail improvisé. La France! L'histoire de France! On ne pouvait pas effleurer un tel sujet.
Peut-être se dit-il déjà qu'il avait trouvé sa voie, et le
secret de toute sa vie. Il renonça au traité, malgré les
200 francs que Mame promettait pour chaque volume, et
qui, pour lui, auraient été le Pactole; mais il s'attacha à
l'œuvre avec toute la force de cette volonté patiente, per-
sévérante, qui est sa marque caractéristique, et à laquelle
il a dû tous ses succès. Il proposa un nouveau plan, que
Mame accepta, et tout de suite il se mit à l'œuvre; car il ne
lui coûtait rien de recommencer. Pour cette fois, il était
seul.

Le plan dont il s'agit était le plan même de l'histoire définitive, de celle que nous avons tous entre les mains. Il l'a,
depuis, perfectionné, sans le changer. Il est excellent, simple, lumineux. C'est à ce plan qu'est due l'unité et la clarté
du récit. La vie de la France s'y développe, depuis le commencement jusqu'à la fin, avec autant de suite et de facilité que s'il s'agissait tout simplement de la vie d'un homme.

Ce qui est aujourd'hui la France était au commencement habité par des races d'origines diverses. Une monarchie s'est formée sur un territoire restreint, avec des pouvoirs incertains et limités. Elle s'est accrue lentement par des accessions et des conquêtes; et lentement aussi, mais continûment, elle a triomphé des résistances intérieures, effacé les différences entre les anciennes et les nouvelles provinces, jusqu'au jour, où entourée de limites naturelles par des montagnes et des fleuves et ayant, par la prépondérance du pouvoir royal, par l'unité de la législation et l'uniformité de l'administration, transformé en un être vivant, et fortement organisé, ce qui n'était dans le principe qu'une juxtaposition et plus tard qu'une confédération, elle a pris sa place au milieu des plus grands peuples avec un génie qui lui est propre et dans lequel se retrouvent harmonieusement fondues toutes les civilisations dont elle est le produit. Suivre cette formation à travers les siècles, souffrir de tout ce qui la retarde, signaler avec orgueil tout ce qui l'accélère et la fortifie, juger tous les événements à cette lumière, retrouver, dans les idées modernes, la trace des aptitudes et des croyances de nos pères, montrer la France en toutes rencontres désintéressée et généreuse, et ne séparant jamais sa cause de celle des opprimés et de celle de Dieu, assister enfin à cette grande conclusion pratique de la philosophie, à cette explosion de la justice, qui, en 1789, résume toute l'histoire et tout le génie de la France, en appelant la France et le monde tout entier à des destinées nouvelles : voilà quelle fut désormais, et jusqu'à la fin, l'unique préoccupation de Henri Martin dans la vie. Il a accepté des fonctions, presque toutes électives et gratuites; mais en leur faisant, pour ainsi dire, cette condition, de ne pas le détourner de son affaire principale, de son affaire unique; il a, de loin en loin, publié un livre à côté; mais ces livres ne sont que les développements d'un événement ou d'une doctrine, qui avaient leur place dans le livre. Avec une ténacité qui est un titre de gloire, avec une passion pour son travail et pour la France, objet de son travail, qu'on ne saurait trop louer, il s'est confiné dans cette unique tâche, la conduisant d'abord jusqu'au terme, sans l'interrompre une minute; puis, arrivé là, la recommençant aussitôt, pour la rendre plus conforme à l'idéal qu'il s'était tracé; et la recommençant une troisième fois, avec une compétence et une habileté nouvelles; interrompu seulement par la mort dans cette besogne bénie et chérie.

La seconde édition, ou plutôt la première, car il ne faut pas compter cette édition in-16, qui devait avoir 48 volumes, qui n'en eut qu'un seul, et à la rédaction de laquelle concourut M. Paul Lacroix, — la première édition parut en trois ans, de 1833 à 1836, sous ce titre : *Histoire de France depuis les temps les plus reculés jusqu'en juillet 1830 par les principaux historiens et d'après les plans de MM. Guizot, Augustin Thierry et de Barante* (Paris, Mame, 15 volumes in-8°). Ce n'était plus, comme dans le premier projet, un volume tous les quinze jours; mais c'était un volume tous les deux mois. Il est clair que l'auteur ne prenait pas le temps de faire des recherches; il mettait dans un bon ordre des études antérieurement faites d'après les historiens les plus autorisés, et en improvisait le récit, qu'il ne se donnait

pas la peine de relire. Le style était clair et correct, avec
une certaine chaleur dans les occasions, sans éclat, ni ca-
chet particulier. Le récit n'était accompagné d'aucune citation, ni de pièces à l'appui. Il ne valait que par la bonne
disposition des matières. Il plut au public, qui trouvait là
beaucoup de faits et un grand souffle de patriotisme. On
n'avait pas d'autre histoire. Anquetil était d'une nullité
désespérante. Sismondi convenait surtout aux gens d'étude.
De Guizot et de Michelet, il n'en faut point parler. Il n'y
a nulle analogie, même lointaine. Guizot avait coutume de
dire à ses auditeurs, en commençant sa première leçon,
d'étudier l'*Histoire des Français* de Sismondi, s'ils voulaient être en état de suivre le cours qu'il allait faire. C'est
que ce cours était un cours de philosophie sur l'histoire
de France. Le livre merveilleux de Michelet est de la philosophie et de la poésie à propos de l'histoire. Michelet est
incomparable quand il lui plaît de raconter. Le plus souvent, c'est lui-même qu'il raconte. C'est un très grand
psychologue, un très grand poète, un très grand penseur.
Il est aussi, cela s'entend, un très grand historien. Il n'y a
de commun, entre ces trois hommes, que les titres de leurs
ouvrages. L'un fournissait au peuple un répertoire de faits
bien racontés et disposés dans un bon ordre ; l'autre,
s'adressant aux hommes d'État et aux philosophes, leur
enseignait le secret des événements, et le troisième avait
le don singulier et magnifique de ressusciter les morts.
Henri Martin annonçait sur son titre qu'il irait jusqu'à la
révolution de Juillet. En réalité, il s'arrêtait, dans les deux
premières éditions, à 1789. La première édition fut reçue
avec approbation par les savants, avec acclamation par le

peuple. Il n'était pas content de lui-même. Le succès ne
le consolait pas de la précipitation. En écrivant les dernières pages du quinzième volume, il pensait avec joie qu'il
allait pouvoir recommencer. C'est tout au plus si l'accueil
favorable fait à cette édition le détermina à la reconnaître
publiquement. Son nom ne parut que sur le titre du
dixième volume.

Plusieurs auteurs écrivent deux fois leurs ouvrages :
une première fois, tout d'une haleine, pour se rendre
maîtres de l'ensemble; une seconde fois, pour se discuter,
se juger, et adopter, après étude et réflexion, un avis et
une forme définitifs. Ils cachent avec soin la première
ébauche, qui ne doit pas sortir de l'atelier, et ne montrent
les résultats au grand public que quand ils les croient
dignes de lui. La différence pour Henri Martin, c'est
qu'il a publié son ébauche. Ceux qui l'ont jugé sur cette
première façon ont été nécessairement injustes envers
lui. Il n'est vraiment un maître qu'au moment où il
commence sa seconde édition. Il sait désormais quelle
est la tâche de l'historien; il a arrêté sa méthode et réglé
son style. Il ne s'impose plus un terme et une date; il
n'a qu'une résolution, c'est de travailler sans relâche,
et de ne livrer le produit de son travail que quand
sa conscience sera tranquille. Il avait mis trois ans à
faire son ébauche; il en a mis dix-sept à faire son œuvre.
Cette nouvelle édition, ou, si l'on veut, cette nouvelle *Histoire de France* parut chez Furne, de 1837 à 1854, en dix-
neuf volumes in-8°. Elle a été, depuis, remaniée et com-
plétée; car il ne s'en est jamais séparé, jamais désintéressé.
On peut dire qu'avec cette seconde édition, nous avons

enfin Henri Martin. Il a payé sa dette à son pays. Il lui a donné son histoire.

Le succès fut très grand dans la presse, dans le monde lettré, à l'Institut. On était reconnaissant du service rendu, de ce long et courageux effort. On tenait compte à l'auteur du chemin parcouru, de l'incontestable talent qu'il s'était donné à force de volonté. Les tomes X et XI, qui contiennent l'histoire des guerres de religion, sujet difficile entre tous, et qui demande autant d'impartialité que de perspicacité et de savoir, obtinrent de l'Académie des Inscriptions et Belles-Lettres, en 1844, le grand prix Gobert. En 1851, l'Académie française décerna le second prix Gobert aux tomes XIV, XV et XVI, où est racontée l'histoire de Louis XIV. Cette récompense lui fut conservée chaque année jusqu'en 1856. A cette date, Augustin Thierry, qui avait le premier prix, étant mort, l'Académie donna ce premier prix à Henri Martin. Enfin en 1869, l'Institut décerna à l'ouvrage entier le prix biennal de vingt mille francs.

Henri Martin était homme de parti, ce qui lui conciliait des sympathies d'un autre genre, moins sérieuses, mais plus nombreuses. Il n'était pas seulement estimé et compté par les bons juges; il était populaire dans les foules. Ce savant était républicain : grande affaire! Ses opinions, qui augmentaient sa gloire d'un côté, lui attiraient de l'autre des critiques violentes. Il s'était engoué des Druides, un peu sur la parole de Jean Reynaud, et les recherches assez superficielles qu'il avait faites l'avaient confirmé dans la croyance que nous sommes plus redevables à nos ancêtres bretons qu'aux Romains et surtout au christianisme. Il se trompait, il exagérait, il attribuait aux Druides des doctrines arrêtées et profondes qui n'existaient que dans son imagination. Il y avait pourtant, au fond, une idée vraie, qui lui appartient et lui fait honneur. C'est la persistance, au sein de nos populations rurales, de l'élément gaulois, que n'ont pu étouffer ni la conquête romaine, ni la conquête franke. Rome ne supprimait pas les races vaincues; elle ne se les assimilait pas; elle les utilisait en les dominant. C'était aussi sa méthode économique; chez nous, elle s'est attachée à développer les richesses du sol par la création des grandes voies d'Agrippa, et les villes césariennes et augustales, dont Augustodunum (Autun) est le type. La Gaule resta gauloise en devenant romaine. Il aurait fallu féliciter Henri Martin de l'avoir si bien compris et si fortement établi. On ne voulut penser qu'à ses idées chimériques sur la religion des Druides et l'on s'en servit pour jeter le discrédit sur les premiers volumes de l'*Histoire de France*.

Les catholiques surtout s'irritèrent de cette genèse des idées religieuses, qui contrariait la légende du baptême de Clovis; ils ne s'étaient pas avisés jusque-là de considérer les Druides comme des rivaux du christianisme en profondeur théologique et en influence civilisatrice. Quoique Henri Martin ne se laissât pas aller à des déclamations sur la Saint-Barthélemy, la révocation de l'Édit de Nantes et l'affaire de la bulle *Unigenitus*, et qu'il jugeât ces événements avec ce qu'on pourrait appeler une impartialité malveillante, on prévoyait que si jamais il poussait son Histoire jusqu'aux temps plus rapprochés de nous, il prendrait parti pour la constitution civile du clergé. A tous ces titres, c'était un

homme à combattre. M. Hanotaux remarque qu'au lieu
de discuter ses opinions qui sont celles de tout son parti,
on éplucha son Histoire pour y découvrir des erreurs.
On en trouva. Il est absolument impossible que des
erreurs ne se glissent pas dans une si prodigieuse quan-
tité de faits et de jugements. On en publia le catalogue,
qui ne forme pas moins d'un volume. Ce n'est guère
qu'une accumulation de vétilles; et quelquefois, c'est
l'historien qui a raison contre le critique. M. Henri
Martin, qui tenait, par-dessus tout, à faire une histoire complète, et qui a mis vingt ans à la faire (en comptant le travail des deux premières éditions), s'est interdit à lui-même
l'étude des documents manuscrits; il n'a consulté, parmi
les mémoires publiés, que les plus importants; en un mot,
il s'en est tenu à l'histoire, sans aller jusqu'à l'érudition,
si ce n'est peut-être dans l'étude du siècle de Louis XIV.
Il en résulte que, sur quelques points, il n'est pas d'accord
avec les plus récentes découvertes de la critique. C'est de
cela qu'on triomphe; mais on devrait plutôt regretter
d'être entré dans cette voie, puisqu'avec toutes ces peines
et toute cette envie de le prendre en faute, on n'a trouvé
à signaler que des péchés véniels. On n'est guère parvenu
par toutes ces polémiques qu'à constater l'exactitude et la
véracité de son Histoire. L'effort tenté pour diminuer son
autorité la confirme.

Henri Martin ne répondit pas aux critiques. Sa vie s'y
serait consumée sans utilité. Il fit mieux; il tint compte,
dans une nouvelle édition, de toutes les objections sérieuses.
Ainsi, il a fini par reconnaître qu'il s'était en quelque sorte
forgé une philosophie des Druides, très supérieure à la

réalité; il a commencé à les étudier sur nouveaux frais; il
s'est mis au courant de la science; il a fait des recherches,
il en a provoqué d'autres. Il est allé de sa personne partout où on lui a signalé l'existence de monuments mégali-
thiques; il a recueilli et discuté les traditions et les légendes;
et de cet ensemble de travaux, il a tiré deux choses : d'abord
un volume d'études celtiques, très curieux, très intéres-
sant par l'ardeur qu'il y déploie, attachant même par une
crédulité naïve; en second lieu, une transformation heureuse des premiers volumes de son histoire qui, dans la
troisième édition, ont perdu en grande partie le caractère
chimérique qu'on leur avait justement reproché dans les
deux éditions précédentes. C'était par excellence un
homme de bonne foi. Rien ne lui coûtait pour découvrir
la vérité; et il ne lui en coûtait pas non plus d'avouer une
erreur. Il mettait de l'ardeur dans ses discussions, un
certain entêtement; mais quand enfin il découvrait qu'il
s'était trompé, il s'empressait de le reconnaître. Il avait
autant de candeur que d'ardeur. Il lui est arrivé fré-
quemment ce qui n'arrive guère aux érudits, de devenir
l'ami de ses adversaires.

Dans la séance de l'Académie française où le grand prix
Gobert fut décerné à M. Henri Martin, M. Villemain, secrétaire perpétuel, après avoir loué comme il savait le faire
cette œuvre de grande force et de grand courage, lui
adressa un reproche bien inattendu. « De bons juges ont
vu avec regret, dans le livre de M. Henri Martin, une
maxime qui les inquiète, et que, suivant eux, il faut ôter
du monde pour qu'aucun pouvoir n'en abuse. L'auteur
peint, à sa dernière heure, ce grand et terrible Richelieu,

mourant avec une telle sécurité après tant de vengeances, qu'un pieux et libre témoin de ce spectacle ne peut s'empêcher de dire tout haut : Voilà une assurance qui m'épouvante. Et cependant, l'historien, dont cet homme a pris le rôle et la fonction morale, s'associant à l'orgueilleuse confiance du mourant, se contente de dire : Apparemment ces grands envoyés de la Providence sentent qu'ils seront jugés sur des principes que ne peuvent comprendre les âmes vulgaires. Non, Monsieur, pour la Providence non plus que pour la conscience humaine qui est son plus bel ouvrage, il n'y a pas deux ordres de vérité morale, deux justices inégales. Malheureusement, cette maxime de la liberté qui lutte, une révolution victorieuse souvent l'oublie. Mais vous, historiens, ne l'oubliez pas! »

Ce reproche fut très pénible à Henri Martin. Dans sa passion pour l'unité de la France, il éprouvait une admiration presque sans bornes pour le ministre qui en a, mieux que personne, conçu la nécessité et compris les conditions, et qui a marché vers son but à travers des difficultés inouïes, même en commettant des cruautés et des injustices, quand il les jugeait nécessaires à son grand dessein. La phrase malheureuse que M. Villemain reproche à Henri Martin lui a été arrachée dans la chaleur du panégyrisme. Elle n'est qu'une impression fugitive; ou peut-être, dans la rapidité de la composition, n'a-t-il pas rendu exactement sa pensée. Peut-être a-t-il voulu dire que ces grands envoyés de la Providence *se persuadent qu'ils seront jugés* au lieu de : *sentent qu'ils seront jugés.* Cette opinion que M. Villemain attribue à Henri Martin, quoique Henri Martin ne l'ait pas eue, M. Villemain aurait pu la trouver chez beaucoup de ses contemporains. On n'a pas oublié la phrase célèbre d'un philosophe déclarant « qu'il ne faut pas reprocher au génie le marchepied de sa grandeur » ; ni ces vers qui terminent l'ode de Lamartine sur Napoléon :

> Son crime et ses exploits pèsent dans la balance...
> Que des faibles mortels la main n'y touche plus !
> Qui peut sonder, Seigneur, ta clémence infinie?
> Et vous, fléaux de Dieu, qui sait si le génie
> N'est pas une de vos vertus?

Villemain a mille fois raison de protester ; et Henri Martin proteste avec lui. Il proteste contre l'accusation dont il est ici l'objet par toute sa vie, par sa conduite politique, par toutes ses œuvres. Vingt fois il a revendiqué les droits de la justice contre l'abus de la force ; c'était sa doctrine, sa foi, celle de Jean Reynaud ; et le principe des nationalités, qui lui était si cher, et par lequel il voulait gouverner l'histoire, qu'était-ce autre chose, dans sa pensée, que la revendication éternelle du droit contre la force? Henri Martin a toujours réclamé pour la victime contre l'oppresseur : pour la Pologne contre la triple alliance, pour la Grèce contre la Turquie, pour la Belgique contre la Hollande, pour l'Italie contre l'Autriche. Je pense comme lui qu'un peuple peut se donner, mais qu'on ne peut ni le donner, ni le prendre ; qu'en asservissant un seul peuple, on ôte la sécurité à tous les autres ; qu'on ne lui enlève pas seulement le droit politique de choisir son gouvernement, mais qu'on le prive en même temps de tous les biens que l'ordre social a pour but de consacrer; qu'il possédera désormais par grâce ceux de ces biens qu'on lui laisse; qu'on trouble en lui le sentiment de la morale, puisqu'on l'oblige à louer ce qu'il condamnait, et à condamner ce qu'il avait loué jusqu'ici. Ces triomphes qu'on célèbre en si grande pompe sont des victoires remportées contre le droit. L'histoire, et la morale qui est la souveraine de l'histoire, ne peut ni ne doit les absoudre.

Quand Michelet, qui fait de l'histoire fougueuse et tumultueuse, rencontre un événement qui l'attire, il l'étudie et le développe jusqu'à ce que sa passion soit satisfaite, avec un dédain superbe de la proportion et de l'ensemble. De même, lorsqu'il trouve une idée importante sur son chemin ; l'historien tout à coup se transforme en philosophe. C'est à lui de se livrer à ses inspirations, et à nous de le suivre où il nous conduit. Henri Martin, qui n'a pas les mêmes droits de souveraineté, et qui tient avant tout à nous présenter les faits et les doctrines dans un alignement régulier, fait aussi, comme Michelet, des monographies et des dissertations ; mais, à la différence du maître, il les détache de son Histoire pour en faire des ouvrages séparés. C'est ainsi qu'il écrit, en 1837, l'*Histoire de Soissons*, 2 volumes, avec Paul Lacroix ; en 1847, *De la France, de son génie et de ses destinées* ; en 1848, un *Manuel de l'Instituteur*, dédié à Bérenger ; en 1848 encore, deux thèses pour le doctorat, l'une intitulée : *De nationum diversitate servandâ, salvâ unitate generis humani*, et l'autre : *De la monarchie de Louis XIV*. Le gouvernement avait eu la singulière pensée de déclarer vacante la chaire de Guizot, et d'y appeler Henri Martin. La chaire n'était pas vacante, puisque l'illustre maître n'était ni mort, ni démissionnaire ; si elle l'eût été, le ministre n'avait pas autorité pour y pour-

voir, les chaires de l'enseignement supérieur étant con-
férées à l'élection; et s'il y avait eu élection, Henri Martin, qui n'était pas docteur, n'avait pas qualité pour se
porter candidat. M. Carnot fit une faute en disposant de
la chaire; Henri Martin en fit une autre en l'acceptant. Il
fut le premier à comprendre que le doctorat au moins lui
était nécessaire; puis, l'idée lui vint qu'il était un intrus
dans une Faculté où l'on ne peut prendre place que par
élection; et enfin, il reconnut que ce serait une charge
trop lourde pour ses épaules que de succéder à Guizot.
Il ne convenait pas à un historien de sa valeur, et à un
homme de son caractère, de s'emparer révolutionnaire-
ment d'une telle dépouille. Carnot, de son côté, arrivait en
même temps aux mêmes conclusions. Leur erreur et le
cours de Henri Martin n'avaient duré que trois mois.
Guizot prit sa retraite, l'élection eut lieu, et M. Henri
Wallon devint le successeur de M. Guizot, dont il avait été
le suppléant. Henri Martin, rendu à ses études, publia une
biographie de *Daniel Manin,* dans laquelle il demandait, non
pas comme on l'a prétendu, l'unité de l'Italie, mais, comme
l'avait toujours souhaité mon cher et illustre ami Daniel
Manin, la confédération des États dans une Italie indépendante et libre. Il donna ensuite en 1863, *Pologne et Mos-
covie,* brochure; en 1866, *la Russie et l'Europe.* L'Asie est
entrée autrefois en Europe par les Turcs; elle tend à présent à nous envahir par les Russes. Contre les Turcs, l'Europe a eu les provinces Danubiennes et la Hongrie; il lui
faut la Pologne contre les Russes; et derrière la Pologne,
l'Allemagne unifiée. Il ne va pas toutefois jusqu'à demander le rétablissement de l'empire allemand; car, dit-il,

l'empire allemand, qu'est-ce? L'hégémonie autrichienne
ou prussienne ; au fond, l'asservissement. La confédération serait la liberté. Il publia, en 1871, *les Napoléons et
les frontières de la France,* cri de colère contre la dynastie
qui, par deux fois, a amené le morcellement. L'année suivante, 1872, il fit paraître ses *Mélanges d'archéologie cel-
tique,* écrits de 1860 à 1870. Il s'était jeté dans les voyages
après la mort d'un de ses fils, peintre distingué, enlevé à
sa tendresse à l'âge de trente ans. Il parcourut la Bre-
tagne, la Grande-Bretagne, l'Irlande, les Pays scandinaves,
l'Italie, le Portugal, la Grèce, l'Algérie. C'était un voya-
geur excellent. Il se donnait l'ordre de partir : il partait.
Point de bagages. A chaque étape, il visitait les hommes
importants, les hommes spéciaux, et, avec eux, les monuments grands ou petits, authentiques ou problématiques.
Il savait marcher, il savait écouter, il savait voir (1). Il se
faisait des amis partout ; non pas de ces amis littéraires qui
ne sont que pour l'agrément ou la décoration, mais des amis
chauds et dévoués qu'il aimait de son côté comme des
frères. Il s'associait à leurs enthousiasmes, et même, s'il
faut tout dire, à leurs illusions.

Il méditait un voyage en Égypte et en Asie Mineure, quand
il fut surpris par la mort. Son voyage en Grèce fut pour
lui un enchantement. Il n'abandonna pas ses anciens Dieux
pour ceux de la Grèce. Il écrivait d'Athènes à un ami :
« Ne craignez pas que j'oublie nos Druides pour Zeus
Olympien ou pour Pallas Athéné. Je suis un Celte incor-
rigible, et voudrais seulement rapporter le soleil des Hel-

---

(1) M. Hanotaux. *Henri Martin.*

lènes, comme nos ancêtres rapportaient les vignes du
Latium. »

Je ne ferai que mentionner *Vercingétorix*, un drame en
vers qu'on a essayé de mettre à la scène et qui n'a pu s'y
maintenir. Henri Martin était devenu, à force de volonté,
un historien; il n'était ni poète, ni auteur dramatique.
Vercingétorix était une de ses passions, comme Jeanne
d'Arc. Heureusement pour nous, il n'a pas mis Jeanne
d'Arc en vers. Il n'en a pas fait une tragédie après Schiller.
Il s'est contenté d'en faire l'histoire, et cette histoire est
un chef-d'œuvre.

Parmi ces livres à côté, celui auquel il tenait le plus,
est le volume publié en 1847 sous ce titre : *De la France,
de son génie et de ses destinées*. On peut le considérer comme
la conclusion de son *Histoire de France*. Il aurait pu supprimer dans son dix-neuvième volume le chapitre qu'il
intitule *Conclusion*, et le remplacer par cette publication
de 1847, qui est à la fois plus ample et plus claire, sans
arriver toutefois à une clarté complète. Ce livre, dédié à
Jean Reynaud, et tout imprégné de ses doctrines, se sé-
pare de lui sur un point capital. Jean Reynaud était resté
saint-simonien à certains égards et le saint-simonisme,
enivré de philosophie, usait et abusait de l'universel :
c'était, si je puis le dire, une école œcuménique. Ses aspirations étaient donc plus humanitaires que françaises. Au
début de la Restauration, la Sainte-Alliance avait soufflé
sur le monde un courant de cosmopolitisme; mais c'était
un cosmopolitisme chrétien; les saint-simoniens pour-
suivaient le même but quinze ans après, en remplaçant le
mysticisme chrétien par un mysticisme purement phi-

losophique. Cette idée d'une association universelle de
tous les peuples allant presque jusqu'à l'unification était
restée chère à Jean Reynaud, et il repoussait de toutes
ses forces ce qu'il appelait « les restrictions mesquines
d'un patriotisme étroit ». C'est un honneur pour Henri
Martin de n'avoir jamais porté à un tel excès l'amour de
l'universel, et le dédain pour les différences. Contre son
ami, qu'il appelle volontiers son maître, il défend avec
force l'idée de patrie. Il regarde l'unité énorme à laquelle
aspire Jean Reynaud comme ne pouvant aboutir qu'à
l'anarchie ou à la papauté; et en effet, Jean Reynaud, très
religieux quoique très opposé aux religions positives,
semble disposé à placer à la tête de la Confédération universelle un philosophe religieux, ou un pape laïque. Restons ce que nous sommes, dit Henri Martin. Restons Français ou Allemands. Restons autonomes. Il accepte des
alliances, il accepte l'arbitrage; mais il repousse l'unification.

Jusque-là rien de plus juste et de plus nécessaire. Restons Français, il a raison. Acceptons, comme il le dit, les
groupements par affinité et par consentement mutuel:
condamnons les groupements par la conquête. A merveille.
Il ne commence lui-même à se tromper que quand il
entreprend d'intervenir entre les peuples, sous prétexte
de revendication, pour rectifier les conséquences des
délimitations anciennes. Sa doctrine des nationalités n'est
pas conservatrice, elle est essentiellement guerroyante. S'il
ne s'agissait que de maintenir les nationalités dans leurs
conditions actuelles, et de les garantir contre la conquête
à main armée, contre la force brutale, le débat serait bien

vite fini. On s'entendrait même sur le droit de porter
par la force la civilisation chez les barbares, pourvu qu'on
ne profite pas de la qualité de civilisés pour faire œuvre
de barbares en réduisant les vaincus à la servitude. Mais
quand on parle de refaire la géographie politique sur un
plan nouveau pour réparer d'anciennes injustices, de
transporter des provinces d'un État à un autre et de créer
des unités en s'appuyant sur la communauté du langage
ou sur de prétendues affinités de races, alors les principes
perdent leur netteté, les applications deviennent arbi-
traires, les jugements changent avec les intérêts, l'intérêt
du peuple qu'il s'agit de déclasser n'est pas toujours
facile à saisir, et quand cet intérêt est manifeste, il peut
être en contradiction avec l'intérêt général, et supprimer
par exemple la liberté de l'Europe pour affirmer celle
d'une province. Il en est des annexions comme des révo-
lutions. Elles peuvent être nécessaires. Quand elles ne
sont pas imposées par une nécessité absolue, elles ne
manquent jamais d'être fatales. Il faut appliquer au monde
politique le système métaphysique d'Aristote, où Dieu
n'intervient pas comme moteur, mais comme désirable.

Je ne dis pas que les théories philosophiques de Henri
Martin soient aussi claires que son histoire; ni qu'il soit
arrivé à une définition exacte du principe des nationalités;
ni que l'unité soit la conséquence nécessaire de l'indépendance; ni qu'il ait été utile pour l'unité de la France de
faire l'unité de l'Italie; ni que l'unité de l'Allemagne ne soit
pas menaçante pour l'indépendance de l'Europe. Quand il
veut réparer de vieilles injustices, sur lesquelles les siècles
ont passé, il s'expose à des injustices nouvelles, et à des

guerres sans nécessité, et par conséquent sans excuse.
Quand il se trouve, dans l'histoire contemporaine, en face
d'une injustice commençante, il la discerne avec netteté
et la combat sans défaillance. Il est discutable en ce qu'il
innove, et respectable en ce qu'il conserve. Il combat l'op-
pression sous toutes ses formes. On pourrait prendre
pour synthèse de sa vie et de ses doctrines cette maxime,
qui est la synthèse de la morale : *Le droit prime la force.*

C'est seulement après la troisième édition de son *Histoire
de France* que Henri Martin, ayant recommencé son travail, l'ayant refait, amélioré, rectifié, se trouva libre enfin
d'aller en avant, et de compléter l'histoire de la France
par l'histoire de la Révolution française. Il revint à la première idée, qu'il avait eue à vingt-trois ans ; il entreprit
d'écrire une histoire pour le peuple, et de la faire illustrer
pour la répandre davantage et pour graver plus sûrement
dans les esprits le souvenir des grands événements. Il a
mené cette entreprise jusqu'au bout, parlant, dans les
dernières pages, de ses compagnons de chaque jour, écrivant le soir l'histoire qu'il avait faite avec eux le matin ;
homme de parti, parce qu'il le fut toujours profondément,
sincèrement, honnêtement ; mais arrivé, à force de prati-
quer les hommes dans l'histoire et dans la vie, à les juger
avec impartialité, avec sérénité. Personne ne voyait les
choses de plus près, puisqu'il était mêlé à tout. Son impartialité n'allait pas jusqu'à la neutralité, et je l'en félicite.
On reconnaissait à chaque ligne son opinion ; mais il donnait les raisons de l'adversaire, et traitait les personnes
avec justice et générosité. C'est la seule impartialité per-
mise aux contemporains, la seule possible. En histoire

comme en éducation, la neutralité et la nullité ne font
qu'un.

Nous sommes, Henri Martin et moi, presque les contemporains des commencements de la révolution. Nous ne les
avons pas vus; mais nous avons vu ceux qui y avaient pris
part. Nous avons connu des constituants et des conven-
tionnels. Nous avons reçu des confidences dans nos familles. Henri Martin surtout, qui remonte à 1810, et qui
était déjà un historien à l'âge où la plupart des hommes
achèvent leurs études, a passé sa vie à écrire l'histoire du
passé, et à préparer l'histoire du temps présent, par la lecture assidue des documents, par l'étude attentive du théâtre où ils ont eu lieu, et toutes les fois qu'il le pouvait, par
la fréquentation des acteurs. Avec sa curiosité toujours
éveillée et son activité infatigable, il allait toujours où il
fallait aller pour savoir, et il se reposait d'une enquête
par une autre.

Je parlais de la fidélité de Henri Martin à son parti.
Elle était absolue. Je ne l'en loue pas. M. Hanotaux remarque qu'il se séparait de son parti, en ce que les libéraux voulaient désarmer, tandis que, fidèle au principe des
nationalités, il voulait que la France fût toujours prête à
combattre, parce qu'il voyait en elle le soldat du droit.
On pourrait citer de même, comme preuve d'indépendance, son admiration, très légitime d'ailleurs, pour Richelieu et pour Louis XIV. Un esprit comme le sien ne
parvient jamais à s'immoler. La vérité est qu'il suivait
son parti, dans l'histoire, presque toujours, et dans la
pratique toujours. Non, encore une fois, je ne l'en loue
pas. C'est une fidélité à contre-sens, car il n'y a rien d'in-

fidèle et de tournant comme les partis. Ils sont fidèles
aux mots, non aux choses. Je le prouve : pourquoi est-on
républicain? Pour être libre. Si la république devient op-
pressive, et qu'on reste fidèle à la république, je dis qu'on
est fidèle à un mot, et que c'est, en réalité, être infidèle.
Cela me mènerait loin, si je restais dans le temps présent;
mais je me place à l'origine de la révolution; et sur-le-
champ, pour ce mot même de révolution, je demande à
ceux qui se disent révolutionnaires : Pour quelle révolution êtes-vous? Car il y a la révolution de la justice, qui
est celle de 1789; et la révolution de la haine, qui arrive
à son apogée en 1793. Tous les historiens, je parle des
historiens dignes de ce nom, de M. Henri Martin par
exemple, sont pour la révolution de 1789, contre celle de
1793, après avoir marqué nettement la différence d'origine
et de caractère entre l'une et l'autre. Mais s'ils condamnent 1793, ils ne le condamnent pas assez. Ils lui trouvent
des atténuations; ils lui cherchent des excuses. Ils voient
en 93 la continuation, l'exagération de 89. Tant s'en faut.
93 est la négation de 89. C'est une révolution contre la
révolution. J'ai beau compulser toutes les histoires. J'en
vois qui approuvent tout, et d'autres qui condamnent
tout. Il n'y en a pas qui comprenne suffisamment que l'histoire de la révolution est l'histoire d'une guerre civile. Je
ne dis pas d'une guerre civile entre la révolution et la
Vendée; non, mais d'une guerre civile entre la révolution
qui régénère et la révolution qui assomme.

On nous enseignait l'histoire de la Révolution dans ma
jeunesse. On ne nous en enseignait pas d'autre. On
nous enseignait celle-là pour la maudire. La Constituante

était plus coupable que la Convention et le Comité de Salut public, parce qu'elle avait donné le branle à tous ces mouvements. Il fallait garder le Parc-aux-Cerfs, le Livre Rouge et la Bastille, en comptant sur de bons princes, tels, par exemple, que Louis XVI, et comprendre que tout l'édifice allait s'écrouler si l'on touchait à une seule pierre. Les plus modérés reconnaissaient l'utilité et même la nécessité d'une réforme. Mais, disaient-ils, il fallait la faire par en haut, par l'autorité existante, qui se serait restreinte et réglementée elle-même. Dans ces conditions, on n'aurait pas dépassé le but et remplacé les excès du pouvoir absolu par les horreurs de la démagogie. La main de Turgot aurait suffi... Quand les maux sont passés, on n'est jamais embarrassé pour en trouver le remède, parce qu'on a toutes les hypothèses à son service. Pour attribuer à Turgot cette toute-puissance, on supprime d'un trait de plume les courtisans d'un côté et le peuple de l'autre : les courtisans qui ne voulaient rien livrer, et le peuple qui voulait tout broyer. On ne fait pas l'histoire avec des rêves.

Les maîtres de ma jeunesse nous disaient aussi que, sous la Révolution, l'honneur s'était réfugié dans les camps. C'était un de ces lieux communs, qu'on allait répétant à cette époque de banalités sonores. Il y avait de l'honneur partout : dans la Vendée, dans la Convention, et jusque dans le Comité de Salut public, puisque Carnot y était. La vérité est que notre armée était animée par un grand sentiment de patriotisme, plus puissant que les haines de partis, et sans lequel nous n'aurions jamais résisté à l'Europe. Partout ailleurs, on pouvait se demander où était le devoir : aux frontières il était clair, précis, indiscutable. Les émigrés seuls ne le comprenaient pas. Notez bien que je ne leur reproche pas d'être partis; je leur reproche d'être revenus. Partir n'était qu'une erreur; revenir en armes, et comme auxiliaires de l'ennemi, était plus qu'une faute. En guerre étrangère, il faut être pour la patrie; en guerre civile, pour la liberté. Patrie! liberté! Il n'y a que cela de grand après Dieu.

Henri Martin avait été élevé, comme tous ceux de sa génération, dans des idées rétrogrades. Mais elles n'avaient jamais eu de prise sur lui. Dès qu'il tint une plume, il défendit les idées de progrès et de liberté. Il fut surtout patriote. Rien ne saurait être plus fortifiant que la doctrine et les exemples de Henri Martin. La patrie remplit son livre comme elle a rempli sa vie. Quelles que soient les tristesses du dedans, il faut défendre, il faut sauver la patrie; c'est le premier et le plus saint des devoirs. Il n'y a pas d'intérêt plus cher, parce qu'à celui qui a perdu la patrie, il ne reste rien; le droit des citoyens, tous leurs droits périssent avec la patrie. Les dissensions civiles, toujours lamentables, sont deux fois criminelles en présence de l'ennemi. Internationalisme! cosmopolitisme! mots barbares, doctrine de néant. Le cœur n'aime plus, à force d'aimer trop haut et trop loin. La vraie doctrine, celle qui remplit et agrandit le cœur sans dépasser ses forces, est celle qui nous attache aux champs paternels, à la race des aïeux, à leur langue, à leurs traditions, à leurs lois, à leur foi. Ce n'est pas seulement une doctrine; c'est tout ensemble une doctrine et un fait. Ce n'est pas la patrie abstraite, l'idée de la patrie; c'est la France. Chaque page du livre la fait mieux comprendre et aimer davantage. L'historien sait qu'il doit rendre la patrie aimable ; il le ferait par devoir, mais c'est par une impulsion naturelle qu'il le fait, sans le vouloir et sans y penser. Oui, c'est là la France, laborieuse, économe, aimant le plaisir, aimant encore plus l'honneur, patriote, mais généreuse, soldat du droit et de l'idée, prompte aux entraînements, mais solide dans la lutte, fidèle malgré ses variations de surface, aimante malgré ses accès de colère, aimable jusque dans ses caprices, et plus capable qu'aucun peuple du monde de rebondir après une défaite et de reprendre, au moment où on la croit perdue, le gouvernement de la pensée, de la politique et de la mode. Il appartenait à celui qui a passé un demi-siècle à étudier la patrie, qui l'a suivie dans ses douleurs et dans ses triomphes, et n'a pas eu d'autre vie que la sienne, de crier à ses concitoyens que la patrie passe avant tout, et qu'il faut vivre et mourir pour elle... Si un Français pouvait jamais oublier cette chère maxime, 1871 la lui aurait apprise. Les hommes de la génération de Henri Martin sont doublement malheureux : ils ont vu 1815 et 1870, Waterloo et Sedan. Ils portent au cœur deux blessures.

Je ne vous ai montré Henri Martin que dans ses livres ; je ne veux pas le quitter sans vous dire un mot de sa vie de patriote. Il a été jusqu'à soixante ans en dehors du monde officiel. Tout jeune, il faisait, d'instinct pour ainsi dire, opposition à la Restauration ; au lendemain de la révolution de Juillet, il entra, pour n'en plus sortir, dans le parti républicain ; il fut un des plus irrités et des plus révoltés sous le second Empire. Il était de ceux qu'on appelait alors les proscrits de l'intérieur. Je me trompe ;

pendant que le monde officiel le repoussait, il avait été
accueilli et récompensé par ce grand corps de l'Institut,
qui ne connaît que le talent. Après avoir épuisé sur lui
toutes ses récompenses, l'Institut n'attendait plus qu'une
occasion pour l'appeler dans son sein. On attaque les Aca-
démies quand on ne peut pas y entrer, ou avant d'y entrer.
Il faut au moins reconnaître qu'elles ont le mérite d'être
une patrie pour ceux que la patrie oublie; de leur donner
des appuis, des protecteurs, des livres, le moyen de fouil-
ler dans les archives, de connaître de près et d'interroger
les maîtres. Henri Martin entra dans notre Académie le
29 juillet 1871 en remplacement de M. Pierre Clément; il
eut l'honneur de succéder à M. Thiers à l'Académie française le 13 juin 1878. Il avait été élu représentant du peuple
en 1871. Ici, permettez-moi, Messieurs, un souvenir personnel. Nous étions à Bordeaux, où j'appris le premier,
par la place que j'occupais, le résultat de la conférence de
Thiers avec M. de Bismarck. Nous n'avions pas le temps
de penser aux cinq milliards, qui se trouvèrent bien dé-
passés. Ni le temps, ni le cœur. Qu'était-ce que l'argent
dans ce désastre! Le coup, le vrai coup, qui nous sem-
blait à tous un coup mortel, était la perte des deux provinces. Il fallait mettre au bas de ce traité la signature des
représentants du peuple, en qui seuls reposait la souveraineté de la France. On discuta, on vota. Pendant qu'on
votait, je fus obligé, pour écrire une dépêche, de passer
derrière la toile qui séparait le bureau des coulisses du
théâtre. J'aperçus un petit groupe de représentants qui
entouraient Henri Martin, assis sur une chaise, tout pâle,
couvert d'une sueur froide, comme un homme qui va s'é-

vanouir. « Qu'y-a-t-il? m'écriai-je. Qu'est-il arrivé? —
C'est le vote, me dit-on; c'est la France. Ce vote-là est
impossible pour lui. C'est sa vie qu'on lui arrache. » J'étais
nerveux dans ce moment; nous l'étions tous; nous ressem-
blions à des condamnés arrivés sur le lieu de l'exécution.
Je venais d'avoir une étrange scène. Un député m'avait
arrêté au passage. « Je ne voterai pas, me dit-il. — C'est
de la démence, répondis-je. La France a le couteau sur la
gorge. — Oh! je donnerais ma signature si elle était nécessaire; mais la majorité sera immense. Je ne voterai pas.
Je n'aurai pas cette tache sur ma mémoire. — Monsieur,
lui dis-je alors ou plutôt je le lui criai : Monsieur, vous
êtes un lâche! » Il vota cependant. J'étais encore frémis-
sant de cette scène quand je m'approchai de Henri Martin.
Il y avait loin de l'égoïste qui voulait se ménager, au
patriote qu ne voulait pas céder. Pourtant il m'apparais-
sait que le sacrifice de ses répugnances et de ses douleurs
était imposé à chacun de nous; que nous le devions à la
grande blessée, et que nous nous le devions les uns aux
autres. « Êtes-vous ici le seul patriote? dis-je à Henri Martin. Est-ce que nous ne sommes pas tous sur la croix? Est-ce
que ce n'est pas l'historien de la Révolution qui a signé le
premier? » Mais je pensais au fond de mon cœur que si
quelqu'un avait le droit de s'abstenir, c'était celui-ci et
celui-là! Il n'a jamais su quelle tendresse et quelle pitié
j'avais pour lui pendant que je le maltraitais. Il me dit plus
tard : « C'est vous, avec vos rudes paroles, qui m'avez
fait le plus de bien. »

Il fut maire de Paris. Il fut tout ce qu'il voulut être, ou
plutôt tout ce qu'on voulut qu'il fût. Il acceptait et il rem-

plissait avec un courage exemplaire toutes les tâches qu'on lui imposait. On ne songea même pas à lui offrir d'être ministre. On comprenait qu'il n'accepterait que de se sacrifier. Il ne manquait pas une séance du Sénat. Il était assidu dans les innombrables commissions dont il faisait partie. Avec cela son *Histoire de France* marchait toujours. Elle était toute sa vie; le reste, qui était accablant, ne venait là que comme accessoire.

Il a été emporté par une courte maladie. Il est mort, le nom de Dieu sur les lèvres. C'était un grand patriote, un grand citoyen. Il a le droit d'être appelé l'historien national. Nous avons eu ici parmi nous d'aussi grands écrivains, jamais de plus grand cœur.

Paris. — Typ. Firmin-Didot et Cⁱᵉ, impr. de l'Institut, rue Jacob, 56. — 22243.